Les soleils
des indépendances

Fama, véritable prince malinké né dans l'or, le manger, l'honneur et les femmes, éduqué pour préférer l'or à l'or, pour choisir le manger parmi d'autres et coucher sa favorite parmi cent épouses, se trouve réduit à « travailler » dans les obsèques et les funérailles, au milieu des griots à l'affût d'une aumône. C'est que les Indépendances, tombées sur l'Afrique comme une nuée de sauterelles, ne lui ont laissé en poche que la carte d'identité nationale et celle du parti unique ; à d'autres les plus viandés et gras morceaux ! Et c'est Salimata, l'épouse, qui doit assurer le riz. Mais, comble de malheur, Salimata est depuis vingt ans occupée par une stérilité sèche que trépidations et convulsions, fumées ni gris-gris n'ont pu exorciser. Peut-on vraiment rencontrer pires fléaux pour un roi que pauvreté, stérilité, indépendance et parti unique ?

Avec ce roman, à la fois satire politique et fresque universelle de la condition humaine, Ahmadou Kourouma s'est imposé comme l'un des écrivains les plus importants du continent africain. Après vingt ans de silence, la parution au Seuil en 1990 de *Monnè, outrages et défis* devait confirmer cette place de tout premier plan.

Ahmadou Kourouma, né en 1927 à Boundiali (Côte d'Ivoire), connut, tant pendant la période coloniale qu'après les indépendances, nombre d'exils et pérégrinations. Aujourd'hui basé à Lomé (Togo), il s'occupe de réassurances internationales.

Du même auteur

Les Soleils des indépendances
roman, 1970

Monnè,
outrages et défis
roman, 1990
coll. «Points Roman», n° 513

Ahmadou Kourouma

Les soleils
des
indépendances

roman

Éditions du Seuil

Toute ressemblance avec des noms de personnes
ou de lieux déjà existants est purement fortuite.

TEXTE INTÉGRAL

EN COUVERTURE : coiffure antilope.
Bamana (Bambara), Mali.
Collection privée. Droits réservés.

ISBN 2-02-012598-6
(ISBN 1re publication : 2-02-001137-9)

© ÉDITIONS DU SEUIL, JANVIER 1970

PREMIÈRE PARTIE

1. Le molosse
et sa déhontée façon
de s'asseoir

Il y avait une semaine qu'avait fini dans la capitale Koné Ibrahima, de race malinké, ou disons-le en malinké : il n'avait pas soutenu un petit rhume...

Comme tout Malinké, quand la vie s'échappa de ses restes, son ombre se releva, graillonna, s'habilla et partit par le long chemin pour le lointain pays malinké natal pour y faire éclater la funeste nouvelle des obsèques. Sur des pistes perdues au plein de la brousse inhabitée, deux colporteurs malinké ont rencontré l'ombre et l'ont reconnue. L'ombre marchait vite et n'a pas salué. Les colporteurs ne s'étaient pas mépris : « Ibrahima a fini », s'étaient-ils dit. Au village natal l'ombre a déplacé et arrangé ses biens. De derrière la case on a entendu les cantines du défunt claquer, ses calebasses se frotter ; même ses bêtes s'agitaient et bêlaient bizarrement. Personne ne s'était mépris. « Ibrahima Koné a fini, c'est son ombre », s'était-on dit. L'ombre était retournée dans la capitale près des restes pour suivre les obsèques : aller et retour, plus de deux mille kilomètres. Dans le temps de ciller l'œil !

Vous paraissez sceptique ! Eh bien, moi, je vous le jure, et j'ajoute : si le défunt était de caste forgeron, si l'on n'était pas dans l'ère des Indépendances (les

7

soleils des Indépendances, disent les Malinkés), je vous le jure, on n'aurait jamais osé l'inhumer dans une terre lointaine et étrangère. Un ancien de la caste forgeron serait descendu du pays avec une petite canne, il aurait tapé le corps avec la canne, l'ombre aurait réintégré les restes, le défunt se serait levé. On aurait remis la canne au défunt qui aurait emboîté le pas à l'ancien, et ensemble ils auraient marché des jours et des nuits. Mais attention ! sans que le défunt revive ! La vie est au pouvoir d'Allah seul ! Et sans manger, ni boire, ni parler, ni même dormir, le défunt aurait suivi, aurait marché jusqu'au village où le vieux forgeron aurait repris la canne et aurait tapé une deuxième fois. Restes et ombre se seraient à nouveau séparés et c'eût été au village natal même qu'auraient été entreprises les multiples obsèques trop compliquées d'un Malinké de caste forgeron.

Donc c'est possible, d'ailleurs sûr, que l'ombre a bien marché jusqu'au village natal ; elle est revenue aussi vite dans la Capitale pour conduire les obsèques et un sorcier du cortège funèbre l'a vue, mélancolique, assise sur le cercueil. Des jours suivirent le jour des obsèques jusqu'au septième jour et les funérailles du septième jour se déroulèrent devant l'ombre, puis se succédèrent des semaines et arriva le quarantième jour, et les funérailles du quarantième jour ont été fêtées au pied de l'ombre accroupie, toujours invisible pour le Malinké commun. Puis l'ombre est repartie définitivement. Elle a marché jusqu'au terroir malinké où elle ferait le bonheur d'une mère en se réincarnant dans un bébé malinké.

Parce que l'ombre veillait, comptait, remerciait, l'enterrement a été conduit pieusement, les funérailles sanctifiées avec prodigalité. Les amis, les parents et même de simples passants déposèrent des offrandes et sacrifices qui furent repartagés et attribués aux venus et aux grandes familles malinké de la capitale.

Comme toute cérémonie funéraire rapporte, on comprend que les griots malinké, les vieux Malinkés, ceux qui ne vendent plus parce que ruinés par les Indépendances (et Allah seul peut compter le nombre de vieux marchands ruinés par les Indépendances dans la capitale !) « travaillent » tous dans les obsèques et les funérailles. De véritables professionnels ! Matins et soirs ils marchent de quartier en quartier pour assister à toutes les cérémonies. On les dénomme entre Malinkés, et très méchamment, « les vautours » ou « bande d'hyènes ».

Fama Doumbouya ! Vrai Doumbouya, père Doumbouya, mère Doumbouya, dernier et légitime descendant des princes Doumbouya du Horodougou, totem panthère, était un « vautour ». Un prince Doumbouya ! Totem panthère faisait bande avec les hyènes. Ah ! les soleils des Indépendances !

Aux funérailles du septième jour de feu Koné Ibrahima, Fama allait en retard. Il se dépêchait encore, marchait au pas redoublé d'un diarrhéique. Il était à l'autre bout du pont reliant la ville blanche au quartier nègre à l'heure de la deuxième prière ; la cérémonie avait débuté.

Fama se récriait : « Bâtard de bâtardise ! Gnamokodé ! » Et tout manigançait à l'exaspérer. Le soleil ! le soleil ! le soleil des Indépendances maléfiques remplissait tout un côté du ciel, grillait, assoiffait l'univers pour justifier les malsains orages des fins d'après-midi. Et puis les badauds ! les bâtards de badauds plantés en

9

plein trottoir comme dans la case de leur papa. Il fallait bousculer, menacer, injurier pour marcher. Tout cela dans un vacarme à arracher les oreilles : klaxons, pétarades des moteurs, battements des pneus, cris et appels des passants et des conducteurs. Des garde-fous gauches du pont, la lagune aveuglait de multiples miroirs qui se cassaient et s'assemblaient jusqu'à la berge lointaine où des îlots et lisières de forêts s'encastraient dans l'horizon cendré. L'aire du pont était encombrée de véhicules multicolores montant et descendant ; et après les garde-fous droits, la lagune toujours miroitante en quelques points, latérite en d'autres ; le port chargé de bateaux et d'entrepôts, et plus loin encore la lagune maintenant latérite, la lisière de la forêt et enfin un petit bleu : la mer commençant le bleu de l'horizon. Heureusement ! qu'Allah en soit loué ! Fama n'avait plus long à marcher, l'on apercevait la fin du port, là-bas, où la route se perdait dans une descente, dans un trou où s'accumulaient les toits de tôles miroitants ou gris d'autres entrepôts, les palmiers, les touffes de feuillages et d'où émergeaient deux ou trois maisons à étages avec des fenêtres persiennes. C'étaient les immenses déchéance et honte, aussi grosses que la vieille panthère surprise disputant des charognes aux hyènes, que de connaître Fama courir ainsi pour des funérailles.

Lui, Fama, né dans l'or, le manger, l'honneur et les femmes ! Eduqué pour préférer l'or à l'or, pour choisir le manger parmi d'autres, et coucher sa favorite parmi cent épouses ! Qu'était-il devenu ? Un charognard...

C'était une hyène qui se pressait. Le ciel demeurait haut et lointain sauf du côté de la mer, où de solitaires et impertinents nuages commençaient à s'agiter et à se

10

rechercher pour former l'orage. Bâtardes ! déroutantes, dégoûtantes, les entre-saisons de ce pays mélangeant soleils et pluies.

Il tourna après un parterre, monta l'allée centrale du quartier des fonctionnaires. Allah en soit loué ! C'était bien là. Fama arrivait quand même tard. C'était fâcheux, car il allait en résulter pour lui de recevoir en plein visage et très publiquement, les affronts et colères qui jettent le serpent dans le bouffant du pantalon : impossibilité de s'asseoir, de tenir, de marcher, de se coucher.

Donc il arriva. Les dioulas couvraient une partie du dessous de l'immeuble à pilotis ; les boubous blancs, bleus, verts, jaunes, disons de toutes les couleurs, moutonnaient, les bras s'agitaient et le palabre battait. Du monde pour le septième jour de cet enterré Ibrahima ! Un regard rapide. On comptait et reconnaissait nez et oreilles de tous les quartiers, de toutes les professions. Fama salua, et avec quels larges sourires ! planta sa grande taille parmi les pilotis, assembla son boubou et ensuite se cassa et s'assit sur un bout de natte. Le griot, un très vieux et malingre, qui criait et commentait, répondit :

— Le prince du Horodougou, le dernier légitime Doumbouya, s'ajoute à nous... quelque peu tard.

Yeux et sourires narquois se levèrent. Que voulez-vous ; un prince presque mendiant, c'est grotesque sous tous les soleils. Mais Fama n'usa pas sa colère à injurier tous ces moqueurs de bâtards de fils de chiens. Le griot continua à dire, et du autrement désagréable :

— Un retard sans inconvénient ; les coutumes et les droits des grandes familles avaient été respectés ; les

Doumbouya n'avaient pas été oubliés. Les princes du Horodougou avaient été associés avec les Keita.

Fama demanda au griot de se répéter. Celui-ci hésita. Qui n'est pas Malinké peut l'ignorer : en la circonstance c'était un affront, un affront à faire éclater les pupilles. Qui donc avait associé Doumbouya et Keita ? Ceux-ci sont rois du Ouassoulou et ont pour totem l'hippopotame et non la panthère.

D'un ton ferme, coléreux, et indigné, Fama redemanda au griot de se répéter. Celui-ci se lança dans d'interminables justifications : symbolique, tout était symbolique dans les cérémonies, et l'on devait s'en contenter ; une faute, une très grande faute pour les coutumes et la religion, le fait que quelques vieux de cette ville ne vivaient que de ce qui se distribuait pendant les rites... Enfin, un tas de maudites fadaises qu'on ne lui avait pas demandées. Bâtard de griot ! Plus de vrai griot ; les réels sont morts avec les grands maîtres de guerre d'avant la conquête des Toubabs. Fama devait prouver sur place qu'il existait encore des hommes qui ne tolèrent pas la bâtardise. A renifler avec discrétion le pet de l'effronté, il vous juge sans nez.

Fama se leva et tonna à faire vibrer l'immeuble. Le malingre griot, décontenancé, ne savait plus par quel vent se laisser balancer, il demandait aux assis d'écouter, d'ouvrir les oreilles pour entendre le fils des Doumbouya offensé et honni, totem panthère, panthère lui-même et qui ne sait pas dissimuler furie et colère. A Fama il criait :

— Vrai sang de maître de guerre ! dis vrai et solide ! dis ce qui t'a égratigné ! explique ta honte ! crache et étale tes reproches !

Enhardi par le trouble du griot, Fama se crut sans

limites ; il avait le palabre, le droit et un parterre
d'auditeurs. Dites-moi, en bon Malinké que pouvait-il
chercher encore ? Il dégagea sa gorge par un hurlement de panthère, se déplaça, ajusta le bonnet, descendit les manches du boubou, se pavana de sorte que
partout on le vit, et se lança dans le palabre. Le griot
répétait. Fama hurlait et allait hurler plus fort encore,
mais... Maudit griot ! maudite toux ! Une méchante
et violente toux embarrassa la gorge du griot et l'obli-
gea à se courber et cracher les poumons, et arrêta
Fama dans son élan. Le dernier Doumbouya, sans la
moindre commisération pour le griot, ne se découragea
pas ; bien au contraire, il baissa la tête pour penser et
renouveler les proverbes et dans cette attitude négligea
de regarder autour. Pourtant, pouvait-il l'ignorer ? Les
gens étaient fatigués, ils avaient les nez pleins de toutes
les exhibitions, tous les palabres ni noirs ni blancs de
Fama à l'occasion de toutes les réunions. Et dans
l'assemblée boubous et nattes bruissaient, on fronçait
les visages et on se parlait avec de grands gestes.
Toujours Fama, toujours des parts insuffisantes, toujours quelque chose ! Les gens en étaient rassasiés.
Qu'on le fasse asseoir !

Le griot réussit à se débarrasser de la toux, mais un
peu tard. Partout tournait l'énervement. Fama ne
voyait et n'entendait rien et il parla, parla avec force
et abondance en agitant des bras de branches de
fromager, en happant et écrasant les proverbes, en
tordant les lèvres. Emporté, enivré, il ne pouvait pas
voir les auditeurs bouillonnant d'impatience comme
mordus par une bande de fourmis magna ; les jambes
se pliaient et se repliaient, les mains allant des hanches
aux barbes, des barbes aux poches ; il ne pouvait pas

remarquer la colère contrefaire et pervertir les visages, remarquer que des paroles comme : « Ah ! le jour tombe, pas de bâtardise ! » s'échappaient des lèvres. Il tenait le palabre.

C'est à cet instant que fusa de l'assemblée l'injonction :

— Assois tes fesses et ferme la bouche ! Nos oreilles sont fatiguées d'entendre tes paroles !

C'était un court et rond comme une souche, cou, bras, poings et épaules de lutteur, visage dur de pierre, qui avait crié, s'excitait comme un grillon affolé et se hissait sur la pointe des pieds pour égaler Fama en hauteur.

— Tu ne connais pas la honte et la honte est avant tout, ajouta-t-il en reniflant.

Remue-ménage général ! brouhaha de l'arrivée d'un troupeau de buffles dans la forêt. Le malingre griot se démenait pour contenir le vent soufflé par Fama, en vain.

— Bamba ! (ainsi se nommait celui qui défiait) Bamba ! s'égosillait-il ; refroidissez le cœur !

Accroché au sol, actionnant des mâchoires de fauve, menaçant des coudes, des épaules et de la tête, comment Bamba pouvait-il entendre les cris d'avocette du griot ? Fama non plus ! Celui-ci s'excitait, trépignait, maudissait : le fils de chien de Bamba montrait trop de virilité ! Il fallait le honnir, l'empoigner, le mordre. Et Fama avança sur l'insulteur. A peine deux pas ! Fama n'a pas fait deux pas. Déjà le petit râblé de Bamba avait bondi comme un danseur et atterri à ses pieds comme un fauve. Ils s'empoignèrent par les pans des boubous. Le griot s'éclipsa, le brouhaha s'intensifia ; partout on se leva, s'accrocha, tira ; des pans de boubous craquèrent et se démêlèrent. Fama retroussa son boubou et s'assit sur la natte un peu trop rapidement. Deux gaillards, il fallut deux solides gaillards pour tirer Bamba, l'arracher pas à pas au sol jusqu'à sa place. Quand les deux antagonistes furent assis, chacun descendit sur sa natte.

Fama s'excusa. Le plus ancien de la cérémonie excusa tous les musulmans pour Fama. C'était Fama qui avait raison, trancha-t-il. La vérité il faut la dire, aussi dure qu'elle soit, car elle rougit les pupilles mais ne les casse pas. En conclusion l'ancien dédommagea Fama : quelques billets et colas en plus. Evidemment celui-ci les rejeta : c'était uniquement pour l'honneur qu'il avait lutté. On ne le crut pas... L'ancien insista. Fama empocha et resta quelque temps soucieux de l'abâtardissement des Malinkés et de la dépravation des coutumes. L'ombre du décédé allait transmettre aux mânes que sous les soleils des Indépendances les Malinkés honnissaient et même giflaient leur prince. Mânes des aïeux ! Mânes de Moriba, fondateur de la dynastie ! il était temps, vraiment temps de s'apitoyer sur le sort du dernier et légitime Doumbouya !

La cérémonie continuait. Les uns offraient, les autres recevaient ; tout le monde faisait répéter les éloges de l'enterré : humanisme, foi, hospitalité, et même, un voisin rappela qu'une nuit l'enterré lui avait apporté un caleçon et un pagne : ceux de sa femme (l'épouse du voisin, précisons-le) ; le vent les avait poussés et entraînés sous le lit de l'enterré. L'effet fut immédiat : les visages se détendirent, les rires fusèrent du palabre. Fama seul n'en rit pas. Même avec les billets de banque en poche et dans le cœur l'honneur de posséder la raison, il n'avait pas décoléré et se rongeait.

Bâtard de bâtardise ! lui ! lui Fama, descendant des Doumbouya ! bafoué, provoqué, injurié par qui ? Un fils d'esclave. Il tourna la tête. Bamba tordait et pinçait les lèvres, roulait de gros yeux, et battaient ses naseaux de cheval qui vient de galoper. Il était ramassé, membré de pilons rondement coudés, et Fama se demandait s'il n'était pas trop âgé pour le défier en lutte.

Mais lui Fama, avait conservé les bonnes habitudes : un mâle ne se sépare pas de son arme. Il tâta sa poche ; le couteau s'y trouvait assez long pour répandre les entrailles du fils de chien. Alors, que maintenant Bamba revienne, recommence, il saura que l'hyène a beau être édentée, sa bouche ne sera jamais un chemin de passage pour le cabrin.

Eclats de rire. Fama tendit les oreilles. Il avait eu raison de ne point décolérer, de ne point pardonner, le fils d'âne de griot mêlait aux éloges de l'enterré des allusions venimeuses : quel rapport l'enterré avait-il avec les descendants de grandes familles guerrières qui se prostituaient dans la mendicité, la querelle et le déshonneur ? Fils de chien plutôt que de caste ! Les vrais griots, les derniers griots de caste ont été enterrés avec les grands capitaines de Samory. Le ci-devant caquetant ne savait ni chanter ni parler ni écouter. Et le griot continuait, et même il se déplaça et s'immobilisa derrière un pilot. Pour un éhonté de son espèce un pilot sépare autant qu'un fleuve, qu'une montagne. Et là, il se dévergonda et arriva au-delà de toute limite : des descendants de grands guerriers (c'était Fama !) vivaient de mensonges et de mendicité (c'était encore Fama), d'authentiques descendants de grands chefs (toujours Fama) avaient troqué la dignité contre les plumes du vautour et cherchaient le fumet d'un événement : naissance, mariage, décès, pour sauter de cérémonie en cérémonie. Fama assembla son boubou pour répliquer, mais hésita. Le manque de réflexe fut une invite pour le damné de griot et celui-ci se lança dans les vilaineries les plus grossières avec le contentement du Bambara qui se jette dans le cercle de tam-tams.

Non, quand même ! Fama se leva, interrompit :

— Musulmans ! pardon, musulmans ! Ecoutez !...

Impossible d'ajouter un mot. Une meute de chiens en rut : tous ces assis de damnés de Malinkés se disant musulmans hurlèrent, se hérissèrent de crocs et d'injures. La limite était franchie.

Diminué par la honte et le déshonneur, comment pouvait-il rester ? D'ailleurs c'était sans regret ; la cérémonie avait dégénéré en jeu de cynocéphales. Alors laissons les singes se mordiller et se tirer les queues. Il se précipita par une sortie. Deux hommes coururent pour le retenir. Il se débattit, les traita tous les deux de bâtards de fils de chien et s'éloigna.

Des rires amusés, des ouf ! de soulagement, ce fut tout ce que produisit une sortie aussi bruyante et définitive. Fama allait se trouver aux prochaines comme à toutes les cérémonies malinké de la Capitale ; on le savait ; car où a-t-on vu l'hyène déserter les environs des cimetières et le vautour l'arrière des cases ? On savait aussi que Fama allait méfaire et encore scandaliser. Car dans quelle réunion le molosse s'est-il séparé de sa déhontée façon de s'asseoir ?...

2. Sans la senteur
de goyave verte

Dans la rue, Fama souffla, tempêta, grogna, la colère
ne s'éteignit pas d'une petite braise. Il s'ordonna
d'attendre le fils de chien de Bamba pour persuader
tous les dégénérés de bâtards qu'encore sur cette terre
vivait un homme viril et d'honneur, un sur lequel on
ne pouvait pas porter impunément la main.

La rue, une des plus passantes du quartier nègre
de la capitale, grouillait. A droite, du côté de la mer,
les nuages poussaient et rapprochaient horizon et
maisons. A gauche les cimes des gratte-ciel du quartier des Blancs provoquaient d'autres nuages qui
s'assemblaient et gonflaient une partie du ciel. Encore
un orage ! Le pont étirait sa jetée sur une lagune latérite de terres charriées par les pluies de la semaine ;
et le soleil, déjà harcelé par les bouts de nuages de
l'ouest, avait cessé de briller sur le quartier nègre pour
se concentrer sur les blancs immeubles de la ville
blanche. Damnation ! bâtardise ! le nègre est damnation ! les immeubles, les ponts, les routes de là-bas,
tous bâtis par des doigts nègres, étaient habités et
appartenaient à des Toubabs. Les Indépendances n'y
pouvaient rien ! Partout, sous tous les soleils, sur tous
les sols, les Noirs tiennent les pattes ; les Blancs décou-

pent et bouffent la viande et le gras. N'était-ce pas la damnation que d'ahaner dans l'ombre pour les autres, creuser comme un pangolin géant des terriers pour les autres ? Donc, étaient dégoûtants de damnation tous ces Noirs descendant et montant la rue. Donc, vil de damnation, un damné abject, le bâtard de Bamba qui avait porté la main sur Fama. Alors pourquoi attendre sur un trottoir un damné ? Quand un dément agite le grelot, toujours danse un autre dément, jamais un descendant des Doumbouya.

Fama se commanda de continuer et traversa la rue. Un bout de temps éloignait encore de l'heure de la quatrième prière, le temps de marcher vite et d'arriver à la mosquée. Il évita deux taxis, tourna à droite, contourna un carré, déboucha sur le trottoir droit de l'avenue centrale et se mêla à la foule coulant vers le marché. Là, entre les toits, apparaissaient divers cieux : le tourmenté par les vents qui arrachaient des nuages pour les jeter sur le soleil déjà couvert et éteint, le bas épais et indigo montant de la mer et avançant sur les maisons et les arbres inquiets et tremblotants. L'orage était proche. Ville sale et gluante de pluies ! pourrie de pluies ! Ah ! nostalgie de la terre natale de Fama ! Son ciel profond et lointain, son sol aride mais solide, les jours toujours secs. Oh ! Horodougou ! tu manquais à cette ville et tout ce qui avait permis à Fama de vivre une enfance heureuse de prince manquait aussi (le soleil, l'honneur et l'or), quand au lever les esclaves palefreniers présentaient le cheval rétif pour la cavalcade matinale, quand à la deuxième prière les griots et les griottes chantaient la pérennité et la puissance des Doumbouya, et qu'après, les marabouts récitaient et enseignaient le Coran, la pitié et l'aumône.

Qui pouvait s'aviser alors d'apprendre à courir de sacrifice en sacrifice pour mendier ?

Les souvenirs de l'enfance, du soleil, des jours, des harmattans, des matins et des odeurs du Horodougou balayèrent l'outrage et noyèrent la colère. Il fallait être sage. Allah a fabriqué une vie semblable à un tissu à bandes de diverses couleurs ; bande de la couleur du bonheur et de la joie, bande de la couleur de la misère et de la maladie, bande de l'outrage et du déshonneur. D'ailleurs faisons bien le tour des choses : Fama pouvait-il prétendre avoir eu raison sur tous les bords ? Le cœur n'avait pas été froid et la langue était allée trop vite. En tout, un fils de chef et un musulman conserve le cœur froid et demeure patient, car à vouloir tout mener au galop, on enterre les vivants, et la rapidité de la langue nous jette dans de mauvais pas d'où l'agilité des pieds ne peut nous retirer.

Maintenant naissaient dans les rues et les feuillages les vents appelant la pluie. Le coin du ciel où tantôt couraient et s'assemblaient les nuages était gonflé à crever. De brefs miroitements embrassaient et secouaient. Fama déboucha sur la place du marché derrière la mosquée des Sénégalais. Le marché était levé mais persistaient des odeurs malgré le vent. Odeurs de tous les grands marchés d'Afrique : Dakar, Bamako, Bobo, Bouaké ; tous les grands marchés que Fama avait foulés en grand commerçant. Cette vie de grand commerçant n'était plus qu'un souvenir parce que tout le négoce avait fini avec l'embarquement des colonisateurs. Et des remords ! Fama bouillait de remords pour avoir tant combattu et détesté les Français un peu comme la petite herbe qui a grogné parce que le fromager absorbait tout le soleil ; le fromager abattu, elle a reçu tout son soleil mais aussi le grand vent qui l'a cassée. Surtout, qu'on n'aille pas toiser Fama comme un colonialiste ! Car il avait vu la colonisation, connu les commandants français qui étaient beaucoup de choses, beaucoup de peines : travaux forcés, chantiers de coupe de bois, routes, ponts, l'impôt et les impôts, et quatre-vingts autres réquisitions que tout conquérant peut mener, sans oublier la cravache du garde-cercle et du représentant et d'autres tortures.

Mais l'important pour le Malinké est la liberté du négoce. Et les Français étaient aussi et surtout la liberté du négoce qui fait le grand Dioula, le Malinké prospère. Le négoce et la guerre, c'est avec ou sur les deux que la race malinké comme un homme entendait, marchait, voyait, respirait, les deux étaient à la fois ses deux pieds, ses deux yeux, ses oreilles et ses reins. La colonisation a banni et tué la guerre mais favorisé le négoce, les Indépendances ont cassé le négoce et la guerre ne venait pas. Et l'espèce malinké, les tribus, la terre, la civilisation se meurent, percluses, sourdes et aveugles... et stériles.

C'est pourquoi, à tremper dans la sauce salée à son goût, Fama aurait choisi la colonisation et cela malgré que les Français l'aient spolié, mais avec la bénédiction de celui qui... Parlons-en rapidement plutôt. Son père mort, le légitime Fama aurait dû succéder comme chef de tout le Horodougou. Mais il buta sur intrigues, déshonneurs, maraboutages et mensonges. Parce que d'abord un garçonnet, un petit garnement européen d'administrateur, toujours en courte culotte sale, remuant et impoli comme la barbiche d'un bouc, commandait le Horodougou. Evidemment Fama ne pouvait pas le respecter ; ses oreilles en ont rougi et le commandant préféra, vous savez qui ? Le cousin Lacina, un cousin lointain qui pour réussir marabouta, tua sacrifices sur sacrifices, intrigua, mentit et se rabaissa à un tel point que... Mais l'homme se presse, sinon la volonté et la justice divines arrivent toujours tôt ou tard. Savez-vous ce qui advint ? Les Indépendances et le parti unique ont destitué, honni et réduit le cousin Lacina à quelque chose qui ne vaut pas plus que les chiures d'un charognard.

Après le marché, l'avenue centrale conduisait au cimetière et au-delà à la lagune qui apparaissait au bout chargée de pluies compactes. Cette avenue centrale, Fama la connaissait comme le corps de sa femme Salimata ; cette avenue parlait et du négoce et de l'agitation anticolonialiste.

Mais au fond, qui se rappelait encore parmi les nantis les peines de Fama ? Les soleils des Indépendances s'étaient annoncés comme un orage lointain et dès les premiers vents Fama s'était débarrassé de tout : négoces, amitiés, femmes pour user les nuits, les jours, l'argent et la colère à injurier la France, le père, la mère de la France. Il avait à venger cinquante ans de domination et une spoliation. Cette période d'agitation a été appelée les soleils de la politique. Comme une nuée de sauterelles les Indépendances tombèrent sur l'Afrique à la suite des soleils de la politique. Fama avait comme le petit rat de marigot creusé le trou pour le serpent avaleur de rats, ses efforts étaient devenus la cause de sa perte car comme la feuille avec laquelle on a fini de se torcher, les Indépendances une fois acquises, Fama fut oublié et jeté aux mouches. Passaient encore les postes de ministres, de députés, d'ambassadeurs, pour lesquels lire et écrire n'est pas

22

aussi futile que des bagues pour un lépreux. On avait pour ceux-là des prétextes de l'écarter, Fama demeurant analphabète comme la queue d'un âne. Mais quand l'Afrique découvrit d'abord le parti unique (le parti unique, le savez-vous ? ressemble à une société de sorcières, les grandes initiées dévorent les enfants des autres), puis les coopératives qui cassèrent le commerce, il y avait quatre-vingts occasions de contenter et de dédommager Fama qui voulait être secrétaire général d'une sous-section du parti ou directeur d'une coopérative. Que n'a-t-il pas fait pour être coopté ? Prier Allah nuit et jour, tuer des sacrifices de toutes sortes, même un chat noir dans un puits ; et ça se justifiait ! Les deux plus viandés et gras morceaux des Indépendances sont sûrement le secrétariat général et la direction d'une coopérative... Le secrétaire général et le directeur, tant qu'ils savent dire les louanges du président, du chef unique et de son parti, le parti unique, peuvent bien engouffrer tout l'argent du monde sans qu'un seul œil ose ciller dans toute l'Afrique.

Mais alors, qu'apportèrent les Indépendances à Fama ? Rien que la carte d'identité nationale et celle du parti unique. Elles sont les morceaux du pauvre dans le partage et ont la sécheresse et la dureté de la chair du taureau. Il peut tirer dessus avec les canines d'un molosse affamé, rien à en tirer, rien à sucer, c'est du nerf, ça ne se mâche pas. Alors comme il ne peut pas repartir à la terre parce que trop âgé (le sol du Horodougou est dur et ne se laisse tourner que par des bras solides et des reins souples), il ne lui reste qu'à attendre la poignée de riz de la providence d'Allah en priant le Bienfaiteur miséricordieux, parce que tant qu'Allah résidera dans le firmament, même tous conju-

23

rés, tous les fils d'esclaves, le parti unique, le chef unique, jamais ils ne réussiront à faire crever Fama de faim.

La pluie avait monté l'avenue jusqu'au cimetière, mais là, soufflée par le vent, elle avait reculé et hésitait à nouveau, mais déjà des éclaircies brillaient sur la lagune et le cimetière se dégageait. Le cimetière de la ville nègre était comme le quartier noir : pas assez de places ; les enterrés avaient un an pour pourrir et se reposer ; au-delà on les exhumait. Une vie de bâtardise pour quelques mois de repos, disons que c'est un peu court ! Fama passa deux boutiques de Syriens à droite, une troisième à gauche, mais avec un petit sourire narquois contourna celle d'Abdjaoudi. Ce bâtard d'Abdjaoudi, quand sombra le négoce, ne trouva pas mieux que de s'installer usurier. Fama lui fit lécher comme à un âne du sel gemme, et s'endetta jusqu'à la gorge et même au-dessus de la tête tant que le Syrien lui fit confiance. Et quand la confiance s'ébranla, il l'exhorta à prier Allah afin que lui Fama arrive à s'acquitter, car par ces durs soleils des Indépendances, travailler honnêtement et faire de l'argent tient du miracle, et le miracle appartient à Allah seul qui par ailleurs distingue le bien du mal.

Fama tourna à gauche ; la mosquée des Dioulas était là. Les bas-côtés grouillaient de mendiants, estropiés, aveugles que la famine avait chassés de la brousse. Des mains tremblantes se tendaient mais les chants nasillards, les moignons, les yeux puants, les oreilles et nez coupés, sans parler des odeurs particulières, refroidissaient le cœur de Fama. Il les écarta comme on fraie son chemin dans la brousse, sauta des tronçons et pénétra dans la mosquée, tout envahi par la grandeur divine. La paix et l'assurance l'arrosèrent. D'un pas souple et royal il marcha jusqu'à l'escalier, monta dans le minaret, au sommet s'arrêta et cria de toute sa force, de toute sa gorge l'appel à la prière. Il cria plusieurs fois ; la journée avait été favorable, il avait quelque chose en poche et à ses pieds des fourmis de malheureux, et en pensant, un subit contentement le souleva, et sur la pointe des pieds il se dressa pour crier plus haut, plus fort, pour voir plus loin.

Du côté de la lagune, le quartier nègre ondulait des toits de tôle grisâtres et lépreux sous un ciel malpropre, gluant. Vers la mer, la pluie grondante soufflée par le vent revenait, réattaquait au pas de course d'un troupeau de buffles. Les premières gouttes mitraillèrent et se cassèrent sur le minaret. Fama redescendit dans la mosquée. Un vent fou frappa le mur, s'engouffra par les fenêtres et les hublots en sifflant rageusement. Les mendiants entassés dans l'encoignure s'épouvantèrent et miaulèrent d'une façon impie et maléfique qui provoqua la foudre. Le tonnerre cassa le ciel, enflamma l'univers et ébranla la terre et la mosquée. Dès lors, le ciel, comme si on l'en avait empêché depuis des mois, se déchargea, déversa des torrents qui noyèrent les rues sans égouts. Sans égouts, parce que les Indépendances ici aussi ont trahi, elles n'ont pas creusé les égouts promis et elles ne le feront jamais ; des lacs d'eau continueront de croupir comme toujours et les nègres colonisés ou indépendants y pataugeront tant qu'Allah ne décollera pas la damnation qui pousse aux

25

fesses du nègre. Bâtards de fils de chien ! Pardon !
Allah le miséricordieux pardonne d'aussi malséantes
injures échappées à Fama dans la mosquée !

Fama se ressaisit et se boucha les oreilles au vacarme,
orages et torrents, et l'esprit aux excitations des bâtardises et damnations nègres et se livra tout entier à la
prière. Par quatre fois il se courba, s'agenouilla, cogna
le sol du front, se releva, s'assit, croisa les pieds.

La prière comportait deux tranches comme une noix
de cola : la première, implorant le paradis, se récitait
dans le parler béni d'Allah : l'arabe. La seconde se disait
tout entier en malinké à cause de son caractère tout
matériel : clamer sa reconnaissance pour la subsis-
tance, la santé, pour l'éloignement des malchances et
malédictions noircissant le nègre sous les soleils des
Indépendances, prier pour chasser de l'esprit et du
cœur les soucis et tentations et les remplir de la paix
aujourd'hui, demain et toujours. La santé et la nourriture, Fama les possédait (louange à Allah !) mais le
cœur et l'esprit s'étiolaient parce que sevrés de la
profonde paix et cela principalement à cause de sa
femme Salimata. Salimata ! Il claqua la langue. Salimata, une femme sans limite dans la bonté du cœur,
les douceurs des nuits et des caresses, une vraie tourte-
relle ; fesses rondes et basses, dos, seins, hanches et
bas-ventre lisses et infinis sous les doigts, et toujours
une senteur de goyave verte. Allah pardonne Fama de
s'être trop emporté par l'évocation des douceurs de
Salimata ; mais tout cela pour rappeler que la tran-
quillité et la paix fuiront toujours le cœur et l'esprit
de Fama tant que Salimata séchera de la stérilité, tant
que l'enfant ne germera pas. Allah ! fais, fais donc que
Salimata se féconde !... Dehors la pluie continuait de

se déverser, les éclairs de scintiller et là-dedans les mendiants de se serrer et jurer.

Pourquoi Salimata demeurait-elle toujours stérile ? Quelle malédiction la talonnait-elle ? Pourtant, Fama pouvait en témoigner, elle priait proprement, se conduisait en tout et partout en pleine musulmane, jeûnait trente jours, faisait l'aumône et les quatre prières journalières. Et que n'a-t-elle pas éprouvé ! Le sorcier, le marabout, les sacrifices et les médicaments, tout et tout. Le ventre restait sec comme du granit, on pouvait y pénétrer aussi profondément qu'on pouvait, même creuser, encore tournoyer et fouiller avec le plus long, le plus solide pic pour y déposer une poignée de grains sélectionnés : on noyait tout dans un grand fleuve. Rien n'en sortira. L'infécond, sauf les grâce et pitié et miséricorde divines, ne se fructifie jamais.

Un éclair jaune illumina la pluie et la mosquée. Les mendiants proférèrent des jurons et des appels affolés et se cramponnèrent comme des petits singes aux murs. Ils eurent raison. Un fracas d'enfer dégringola du ciel, balança toute la terre. Fama, pétrifié, coupa la prière, cria : « Allah, aie pitié de nous ! » et se couvrit la tête des deux mains. Le tonnerre s'affaiblit, s'éloigna et mourut dans le lointain. Fama souffla un gros « bissimilai » et dut reprendre la prière par les premiers mots. Les mendiants se ranimèrent. Sans répit et très tard la pluie tomba. Reclus dans la demeure d'Allah, Fama le pria plusieurs fois et avec force, le sollicita avec insistance. La nuit sortit de la terre et épaissit la pluie ; on alluma. Avènement d'une nuit, et avec la nuit les prières de Fama remontèrent à Salimata.

L'intérieur de Fama battait trouble. Qui pouvait le rassurer sur la pureté musulmane des gestes de Salimata ? Trépidations et convulsions, fumées et gris-gris, toutes ces pratiques exécutées chaque soir afin que le ventre se fécondât !

Elle priait les sourates pieux et longs du marabout qui solliciterait que toutes ses selles soient d'or. Finissait-elle ? Avec fièvre elle déballait gris-gris, canaris, gourdes, feuilles, ingurgitait des décoctions sûrement amères puisque le visage se hérissait de grimaces repoussantes, brûlait des feuilles, la case s'enfumait d'odeurs dégoûtantes (Fama plongeait le nez dans la couverture), elle se plantait sur les flammes, les fumées montaient dans le pagne et pénétraient évidemment jusqu'à l'innommable dans une mosquée, disons le petit pot à poivre, à sel, à piment, à miel, et en chassait (ce que Fama leur reprochait le plus) la senteur tant enivrante de goyave. Toujours fiévreusement, Salimata plongeait deux doigts dans une gourde, enduisait seins, genoux et dessous de pagne, recherchait et attrapait quatre gris-gris, les accrochait aux quatre pieux du lit, et la danse partait... D'abord elle rythmait, battait, damait ; le sol s'ébranlait, elle sautillait, se dégageait, battait des mains et chantait des versets mi-malinké, mi-arabe ; puis les membres tremblaient, tout le corps ensuite, bégaiements et soupirs interrompaient les chants, et demi-inconsciente elle s'effondrait dans la natte comme une touffe de lianes au support arraché. Un moment, le temps de fouetter les pieds et de hurler comme un démon, elle se redressait. Essoufflée, en nage, en fumée et délirante elle bondissait et s'agrippait à Fama. Sur-le-champ, même rompu, cassé, bâillant et sommeillant, même flasque et froid dans tout le bas-ventre, même convaincu de la futilité des choses avec une stérile, Fama devait jouer à l'empressé et consom-

mer du Salimata chaud, gluant et dépouillé de l'entraî-
nante senteur de goyave verte. Sinon, sinon les ora-
geuses et inquiétantes fougues de Salimata ! Elle s'en-
rageait, déchirait, griffait et hurlait : « Le stérile, le
cassé, l'impuissant, c'est toi ! » et pleurait toute la nuit
et même le matin. Pourtant, Allah et son prophète, vous
le savez, vous nous avez fabriqués ainsi, aucune dro-
gue, aucune prière ne peut ragaillardir un vidé comme
Fama, au point de l'exciter tous les soirs comme un
jeune pubère...

Blasphème ! gros péché ! Fama, ne te voyais-tu pas
en train de pécher dans la demeure d'Allah ? C'était
tomber dans le grand sacrilège que de remplir tes
cœur et esprit des pensées de Salimata alors que tu
étais dans une peau de prière au sein d'une mosquée.
Fama tressaillit en mesurant l'énormité de la faute.
Il se mit à se repentir pour se réconcilier avec Allah.
Fama avait exagéré. Un demi-mot aurait suffi pour
sortir toutes les turpitudes de Salimata ; les détailler
n'était pas seulement profanateur, mais aussi superflu
et indécent que de descendre pantalon et caleçon pour
exhiber un furoncle quand on vous a seulement demandé pourquoi vous boitez. Allah le miséricordieux !
et Mahomet son prophète ! clémence ! encore clémence ! Fama devait prier pour détourner, écarter une
vie semblable à une journée à l'après-midi pluvieux.
Une vie qui se mourait, se consumait dans la pauvreté,
la stérilité, l'Indépendance et le parti unique ! Cette
vie-là n'était-elle pas un soleil éteint et assombri dans
le haut de sa course ? La nuit, avec de fines pluies,
continua à ronronner.

3. Le cou chargé de carcans
hérissés de sortilèges
comme le sont de piquants acérés,
les colliers du chien
chasseur de cynocéphales

Cette nuit-là, les frénésies ne parvinrent pas à raviver
Fama ; les craintes des colères de Salimata ne réussirent pas à le lever, il était fatigué, bien cassé, aussi
coula-t-il dans le sommeil d'une pierre dans un bief.
Et alors pour Salimata partit une nuit longue et héris-
sée d'amertume. Elle entretint et activa des pensées
amères et brûlantes qui séchèrent le sommeil et remplirent le lit de cauchemars ; elle pleura et gémit comme
si elle était traversée par un harpon qu'un tortion-
naire pivotait.

A cette nuit succéda un soleil maléfique, pendant
lequel elle ne souffla point, un jour de malheur qu'elle
traversa, les yeux fixés sur son sort, les oreilles tendues
à ses pensées et lorsque le jour tomba elle comprit
Allah, convint de son sort. Elle avait le destin d'une
femme stérile comme l'harmattan et la cendre. Malédiction ! malchance ! Allah seul fixe le destin d'un être.

Et cette journée-là débuta par un réveil trop matinal
à la suite de la nuit mal dormie. Elle tournait dans le
lit, le matin était encore loin, la lampe à pétrole sifflait,
la flamme vacillait et par-ci, par-là, sur et au pied de la
petite table, même dans l'encoignure, les sortilèges, les

innombrables sortilèges. Salimata les avait agités et tournoyés pour se féconder. En vain. Fama ne s'était pas levé, ne s'était pas excité. Les sortilèges éparpillés avaient perdu chaleur et mystère et encombraient la case : bouteilles, mixtures, canaris, cornes de béliers et amulettes. Salimata caressa son abdomen. Un ventre sans épaisseur, ne couvrant qu'entrailles et excréments. Elle tira la couverture et écouta. Dehors les coqs n'appelaient pas encore le matin, le réveil du soleil. Elle referma les yeux, plongea le nez dans le matelas, se roula, se frotta contre Fama. Les ronflements de Fama ébranlaient ; il grognait comme un verrat, barrait comme un tronc d'arbre toute une grande partie du lit de ses avant-bras et genoux. Un éhonté de mari ! Salimata piquée lui enfonça le coude dans les côtes, sans troubler son sommeil. Rien ne le préoccupait, rien ne l'empêchait de dormir, ni l'impuissance, ni les pleurs de Salimata, ni le manquement aux devoirs conjugaux. Une petite démangeaison rampa à travers la gorge de Salimata. Elle souffla, aspira une bouchée d'air désagréable de moiteur, la toussa, la cracha. La salive avait un arrière-goût de baobab. Elle tira le pagne et se recouvrit la tête.

Le matin à sortir ! comme les autres ! ce ne sera pas le jour où Salimata se dira, me voilà grosse ! Sa tête gronda comme battue, agitée par un essaim de souvenirs. L'excision ! les scènes, ses odeurs, les couleurs de l'excision. Et le viol ! ses couleurs aussi, ses douleurs, ses crispations.

Le viol ! Dans le sang et les douleurs de l'excision, elle a été mordue par les feux du fer chauffé au rouge et du piment. Et elle a crié, hurlé. Et ses yeux ont tourné, débordé et plongé dans le vert de la forêt puis

31

le jaune de l'harmattan et enfin le rouge, le rouge du sang, le rouge des sacrifices. Et elle a encore hurlé, crié à tout chauffer, crié de toute sa poitrine, crié jusqu'à s'étouffer, jusqu'à perdre connaissance. Elle ignorait le temps qu'a duré l'évanouissement. Quand les sens renaquirent les gens debout murmuraient au-dessus d'elle, la lampe à l'huile flamboyait à nouveau, ses jambes étaient ruisselantes de sang, la natte en était trempée, le sang avait commencé comme le matin ; sa maman s'épuisait en lamentations, en pleurs. Pauvre maman !... Pauvre maman !

A ce point, une punaise du lit piqua Salimata à la fesse, elle la rechercha jusque sur les pieds et les épaules de Fama, la rattrapa du côté des oreillers et l'écrasa. Entre ses doigts une puanteur d'excrément se colla. Vilaine bête ! elle rejeta la couverture ; il faisait chaud. Les ronflements de Fama remplissaient la pièce. Elle repensa encore à son excision, à ses douleurs, à ses déceptions et à sa maman...

Pauvre maman ! oui, la malheureuse maman de Salimata, que d'innombrables et grands malheurs a-t-elle traversés pour sa fille ! Et surtout lors de la dramatique cérémonie d'excision de sa fille ! Elle qui avait toujours imaginé sa fille de retour du champ de l'excision, belle, courageuse, parée de cent ornements, dansant et chantant pendant qu'elle crierait sa fierté. « Tu verras, disait-elle souvent alors que Salimata était une très petite fille ; tu verras, tu seras un jour excisée. Ce n'est pas seulement la fête, les danses, les chants et les ripailles, c'est aussi une grande chose, un grand événement ayant une grande signification. »

Mais quelle grande signification ?

« Tu verras, ma fille : pendant un mois tu vivras en

recluse avec d'autres excisées et, au milieu des chants, on vous enseignera tous les tabous de la tribu. L'excision est la rupture, elle démarque, elle met fin aux années d'équivoque, d'impureté de jeune fille, et après elle vient la vie de femme. »

Quand poussèrent et durcirent les seins de Salimata, sa maman éclata de joie : « Ah ! te voilà jeune fille ! ce sera bientôt. » Et au milieu d'un hivernage : « Le jour est fixé, ce sera l'harmattan à venir. » Et le jour fixé arriva en effet, un matin de la dernière semaine de l'harmattan, un matin grisâtre et bâtard, un matin comme les autres sauf le feu au cœur de Salimata et l'appréhension et le pénible pressentiment qui étreignaient sa maman. Au premier cri du coq, fut battu l'appel des filles à exciser. « Ma fille, sois courageuse ! Le courage dans le champ de l'excision sera la fierté de la maman et de la tribu. Je remercie Allah que ce matin soit arrivé. Mais j'ai peur, et mon cœur saute de ma peur, j'implore tous les génies que le champ soit favorable à mon unique fille ! » Oui, les génies entendirent les prières de sa maman, mais comment ! et après combien de douleurs ! après combien de soucis ! après combien de pleurs !

Salimata n'oubliera jamais le rassemblement des filles dans la nuit, la marche à la file indienne dans la forêt, dans la rosée, la petite rivière passée à gué, les chants criards des matrones qui encadraient et l'arrivée dans un champ désherbé, labouré, au pied d'un mont dont le sommet boisé se perdait dans le brouillard, et le cri sauvage des matrones indiquant « le champ de l'excision ». Le champ de l'excision ! Salimata fut interrompue dans ses réflexions par une ruade de Fama sûrement piqué par une punaise. Il s'était détendu comme un arc et avait bousculé, fouetté avant de continuer à ronfler. La ruade alluma la colère de la femme. Un vaurien comme une crotte, vide la nuit comme le jour, pour lequel elle se cassait, se levait au premier chant du coq, préparait et vendait la bouillie pour avoir l'argent pour le nourrir, pour le vêtir, pour le loger, et à midi courir le marché, le plateau, vendre du riz et avoir l'argent pour les sortilèges, les médicaments, les marabouts et les sacrifices qui doivent procurer la virilité et la fécondité... Et la nuit ne connaître, ne recevoir que les ruades d'âne. Non ! Elle lui administra une fessée. Fama grogna, continua de ronfler et Salimata reprit ses réflexions.

...L'arrivée au champ de l'excision. Elle revoyait chaque fille à tour de rôle dénouer et jeter le pagne, s'asseoir sur une poterie retournée, et l'exciseuse, la femme du forgeron, la grande sorcière, avancer, sortir le couteau, un couteau à la lame recourbée, le présenter aux montagnes et trancher le clitoris considéré comme l'impureté, la confusion, l'imperfection, et l'opérée se lever, remercier la praticienne et entonner le chant de la gloire et de la bravoure répété en chœur par toute l'assistance. Salimata réentendait les échos amplifiés par les monts et les forêts, ces échos chassant les oiseaux des feuillages et réveillant le jappement des cynocéphales. Elle se rappelait qu'à ce moment, de ses entrailles grondait et montait toute la frayeur de toutes les histoires de jeunes filles qui avaient péri dans le champ. Revenaient à l'esprit leurs noms, le nom des succombées sous le couteau. Le champ ne retenait que les plus incomparables des belles (comme Salimata !). Etait restée Moussogbê, de la promotion de sa maman, une beauté dont tout le Horogoudou se souvenait encore. N'en était pas revenue, il y avait quatre harmattans, Nouna dont le nez avait la rectitude du fil tendu. Salimata chercha en vain leurs tombes. Les tombes des non retournées et non pleurées parce que considérées comme des sacrifices pour le bonheur du village. La forêt avait couvert leurs sépultures. Salimata se rappelait quand vint son tour, quand s'approcha la praticienne. Chauffait alors le vacarme des matrones, des opérées déchaînées, des charognards et des échos renvoyés par les monts et les forêts. Le soleil sortait, rougeoyait derrière les feuillages. Les charognards surgissaient des touffes et des brouillards, appelés par le fumet du sang. Leurs vols tournaient au-dessus des têtes en poussant des cris et des croassements sauvages. La praticienne s'approcha de Salimata et s'assit, les yeux débordants de rouges et les mains et les bras répugnants de sang, le souffle d'une cascade. Salimata se livre les yeux fermés, et le flux de la douleur grimpa de l'entre-jambe au dos, au cou et à la tête, redescendit dans les genoux ; elle voulut se redresser pour chanter mais ne le put pas, le souffle manqua, la chaleur de la douleur tendit les membres, la terre parut finir sous les pieds et les assistantes, les autres excisées, la montagne et la forêt se renverser et voler dans le brouillard et le jour naissant ; la torpeur pesa sur les paupières et les genoux, elle se cassa et s'effondra vidée d'animation...

O chaude, étouffante, presque pimentée, l'atmosphère de la case ! Et puis les agaçants ronflements de Fama. Salimata se leva, renoua le pagne, poussa la porte pour

regarder l'approche de la blancheur de l'aurore. Le
frais de la nuit, quelques bruissements de la ville, une
certaine nervosité de la brise de la mer l'accueillirent.
Puis un aboiement lointain, un roulement sourd, plus
lointain encore, d'une auto, si ce n'était pas le déferle-
ment des vagues ; le va-et-vient des lumières du phare
balayant toits et touffes. Un vent quelque peu décidé
arriva, frappa les tôles, siffla dans la porte, caressa les
joues et le visage de Salimata jusqu'à l'engourdir. Elle
referma la porte, se recoucha, pour dormir le petit
reste de la nuit.

Quand Salimata se releva, dans le champ de l'excision, le soleil était arrivé au-dessus des têtes, deux
matrones l'assistaient. Le cortège était parti ! bien
parti. C'est-à-dire que le retour des excisées avait été
fêté, dansé, chanté, sans Salimata. Ah ! le retour, mais
il faut le savoir, c'était la plus belle phase de l'excision.
Les tam-tams, les chants, les joies et tout le village se
ruant à la rencontre des filles excisées jouant les ron-
delles de calebasses. Salimata n'a pas vécu le retour
triomphal au village dont elle avait tant rêvé. C'est à
califourchon au dos d'une matrone par une piste aban-
donnée, une entrée cachée, qu'elle fut introduite dans
le village et portée dans la case du féticheur Tiécoura,
couchée sous protection du fétiche de Tiécoura. Et tout
le restant du jour, aux pieds de la patiente, fumèrent
les sacrifices, roulèrent les colas blancs et rouges pendant que sa maman pleurait. Salimata y passa la nuit,
une nuit qu'elle n'oubliera jamais.

La case du fétiche était isolée, ronde, réduite, encombrée, grouillante de margouillats. A l'intérieur le fétiche
dominateur était un masque épouvantable qui remplissait une grande moitié ; une lampe à l'huile flambait,

fumait et brillait juste un peu pour maintenir tout le mystère. Le toit de paille, de vieille paille noire de fumée était chargé de mille trophées : pagnes, panier, couteau, etc. Sur la nuit, sur la brousse, sur les mystères s'ouvrait la porte, elle aussi très petite et à laquelle pendait une natte. C'était là, au moment où le soleil commençait à alourdir les paupières, que la natte s'écarta, quelque chose piétina ses hanches, quelque chose heurta la plaie et elle entendit et connut la douleur s'enfoncer et la brûler et ses yeux se voilèrent de couleurs qui voltigèrent et tournèrent en vert, en jaune et en rouge, et elle poussa un cri de douleur et elle perdit connaissance dans le rouge du sang. Elle avait été violée. Par qui ? Un génie, avait-on dit après. On avait expliqué aussi les raisons. La maman de Salimata avait souffert de la stérilité et ne l'avait dépassée qu'en implorant le mont Tougbé dont le génie l'avait fécondée de Salimata. Salimata naquit belle, belle à emporter l'amour, à provoquer la jalousie du génie qui la hanta. On l'avait promise en mariage, on l'avait excisée sans avertir, sans calmer la passion du génie, par une adoration spéciale. C'était donc la jalousie et la colère du génie qui déclenchèrent l'hémorragie. C'était le génie sous la forme de quelque chose d'humain qui avait tenté de violer dans l'excision et dans le sang.

Un chant de coq éclata dans la cour voisine, premier cri du jour à naître. Salimata se précipita dehors, la lampe à la main ; elle assembla les bois dans le foyer de la cuisine attenante, frotta une allumette, la fumée murmura et fit graillonner la ménagère, avant de libérer la flamme bleue qui chanta. Le puits s'ouvrait au milieu de la cour, elle s'en alla y tirer deux seaux, les versa dans la marmite installée sur la flamme vacillante, s'assit sur un tabouret, les coudes sur les genoux, les mains sous le menton et sentit le ronflement du feu comme une touche murmurante de Fama pendant une nuit froide d'harmattan.

Mais Salimata ne savait pas ; elle n'a jamais su. Elle ne savait pas si en vérité ce fut le génie qui la viola. Elle avait bien vu l'ombre d'un homme, une silhouette qui rappelait le féticheur Tiécoura. C'était dans la case du féticheur qu'elle était couchée, il avait rôdé toute la journée autour « pour éloigner les chiens ». Dans la nuit, il était revenu, avait écarté la natte de la porte, avait salué Salimata et la matrone qui l'assistait. C'était quand la matrone s'était endormie, que le sommeil avait vaincu les paupières de Salimata, que la lampe avait été soufflée, qu'on s'était jeté sur ses parties douloureuses ; les jambes avaient été piétinées, l'ombre s'était échappée par la porte quand Salimata avait crié. Salimata ne savait pas si ce n'était pas le féticheur Tiécoura qui l'avait violée dans sa plaie d'excisée. Une salive de dégoût, un peu salée, remplit la gorge de Salimata. Elle la cracha dans le foyer.

Oui, elle n'a jamais su ; mais resta dans l'intérieur et l'âme de Salimata une frayeur immense qui naissait et la raidissait quand un rien rappelait Tiécoura. Pour Salimata, Tiécoura le féticheur demeura plus qu'un totem ! un cauchemar, un malheur. En vérité, quand même il n'aurait pas rappelé le viol, Tiécoura dans la réalité nue était un bipède effrayant, répugnant et sauvage. Un regard criard de buffle noir de savane. Les cheveux tressés, chargés d'amulettes, hantés par une nuée de mouches. Des boucles d'oreilles de cuivre, le cou collé à l'épaule par des carcans de sortilèges comme chez un chien chasseur de cynocéphales. Un nez élargi, épaté, avec des narines séparées des joues par des rigoles profondes comme celles qui se creusent au pied des montagnes. Des épaules larges de chimpanzé, les membres et la poitrine velus. Et avec en plus les lèvres toujours ramassées, boudeuses, les paroles rapides et hachées, la démarche dandinante, les jambes arquées. Fils et petit-fils de féticheur né et nourri dans les sacrifices et les adorations, il traînait, harmattan et hivernage, le fumet des égorgements et des brûlis, il ruminait le silence des mystères et le secret des peines. Un homme dont l'ombre, la silhouette et l'effluve même de très loin suffisaient pour que Salimata ait la nausée, l'horreur et le raidissement.

Cela aucun ne l'a compris, aucun ne l'a entendu lorsque Salimata se refusa à Baffi (ce fut le premier mari de Salimata). Baffi puait un Tiécoura séjourné et réchauffé, même démarche d'hyène, mêmes yeux rouges de tisserin, même voix, même souffle ; il résonnait en Salimata et la raidissait. La retraite de l'excision finie (après la nuit de viol Salimata rejoignit la case de retraite des excisées, et cloîtrée avec les autres collègues elle vécut trois semaines de soins, de fêtes et d'instructions initiatiques), à la fin de la retraite de l'excision, la jeune fille malinké guérie est conduite au mariage. Salimata, transie de frayeurs, fut apportée un soir à son fiancé avec tam-tams et chants. La lune jaune regardait dans les nuages, les réjouissances des noces chauffaient et secouaient le village et la forêt ; sa maman tremblait et pleurait, Salimata ne voyait et n'entendait rien, la peur seule l'occupait. Les cérémonies se terminèrent trop tôt à son gré ; et trop rapidement on lava sa tête et elle se trouva dans la case nuptiale avec deux matrones au pied du lit pour l'éducation sexuelle et pour témoigner qu'elle était vierge. Baffi entra, s'approcha, tenta, elle se ramassa, se serra, se refusa, les matrones accoururent et la maîtrisèrent et il a désiré forcer et violer ; elle a crié ! Elle a crié comme la nuit de son excision et la peur et l'horreur de Tiécoura remontèrent dans son nez et sa gorge, elle a crié très haut puisque les aboiements des chiens ont éclaté de cour en cour et ont épouvanté tout le village ; les matrones ont lâché, elle a sauté du lit pour s'enfuir par la porte, on l'arrêta et elle s'effondra, se vautra dans les peines et pleurs sur le seuil. Le mari se culotta, Salimata ne remarqua même pas que Baffi balançait une volumineuse hernie qui l'accablait de la démarche d'écureuil terrestre de Tiécoura. Les conseils des anciens et des vieilles, les assurances et même les menaces de la maman, n'amoindrirent ni la peur ni l'horreur. On recommença et tenta une autre nuit de noces et des nuits de noces, en vain. Il montait, elle hurlait et s'accrochait à la hernie étranglée. On comprit qu'il fallait arrêter les épreuves pour qu'elle ne le tue pas. D'ailleurs c'était inutile, vraiment inutile, elle appartenait au diable, elle demeurait toujours hantée par le génie, le même génie qui l'avait violée ; il s'opposait à tout rapport de Salimata avec les hommes, d'où les cris, les horreurs, les actes criminels (le coup de main dans la hernie). Mais la dot étant payée, le mariage célébré, Salimata vivra dans la cour de son mari comme une femme pour la cuisine, les lougans, mais pas comme une épouse avec une part des nuits du mari, donc sans aucun espoir d'enfant. Louange à Allah ! Seigneur des mondes, bienfaiteur miséricordieux ! La hernie étranglée terrassa son homme qui soupira et succomba. Quatre hivernages de mariage blanc ! Salimata fut cloîtrée trois mois dans la case du veuvage.

La marmite ronronnait ; Salimata leva la lampe, l'eau chaude pétillait, elle en remplit un seau, le porta derrière la case. Fama ronflait, le nez dans la couverture, dispersé, toujours inutile, vide, sans compassion pour la grande folie de sa femme d'avoir un ventre. Elle le secoua, il tourna et se laissa crouler dans un sommeil de pierre. Irritée, de toute la largeur de la main droite elle visa et une fois claqua la fesse gauche de son mari qui ne faisait pas tout son devoir, deux fois la fesse droite d'un vaurien qui ne connaissait que dormir, une fois encore mais bien appuyée, la droite de ce gros mangeur qui n'apportait rien.

— Oui ! oui ! cesse de me frapper, méchante femme !
— Lève-toi ! l'heure de la première prière te passera, la blancheur du matin se répand sur le village.

Puis elle retourna placer la marmite de bouillie sur le feu, se versa un seau d'eau tiède et se baigna. Le chaud bienfaisant revigorait et l'eau savonneuse avait l'odeur du matin, de la saison et des souvenirs...

...Des méchantes paroles, des maudites, lancées contre Salimata pendant et après les rites du veuvage. Baffi ne serait pas mort par la grosse hernie étranglée, mais assassiné par le génie malfaisant et jaloux qui hantait Salimata ; elle en était responsable. On se la montrait du doigt pour se le conter : « Maudite beauté qui attirait le génie ! une femme sans trou ! une statuette ! » et le frère de Baffi auquel on légua Salimata

41

hésita d'abord à introduire dans sa cour une aussi maléfique femme chargée de malchance. « Il faut d'abord éloigner le génie malfaisant et jaloux. » Salimata, seule avec ses malheurs, seule dans sa case, dans la concession, dans le village nuit et jour et pendant des semaines, des lunes, des hivernages et des harmattans, s'écouta pleurer. Puis ce fut l'après-midi d'un lundi, le frère de Baffi (il s'appelait Tiémoko) revint à Salimata. Le mauvais génie avait été éloigné, il l'a désirée, il en était fou et jaloux. Il dégaina un couteau : « Tu te coucheras avec moi ou... », et le brandit.

Sauf la hernie, Tiémoko ressemblait en tout autre point comme les empreintes d'un même fauve à son frère Baffi, donc à Tiécoura aussi. D'ailleurs plus contractant qu'un hernieux avec des yeux brûlant du feu de la violence, le flair et la susceptibilité maladive du broussard (il était chasseur de profession), la bouche, lorsqu'il la desserrait, toujours encombrée d'injures et de menaces, et brandissant à toute occasion le couteau ou le fusil. Quand dans ses yeux rouges et dans sa bouche apparurent l'amour et la jalousie, le malheur était inévitable car Salimata raidissait à son approche, en elle remontaient l'excision, le viol, Tiécoura et les pleurs ; elle le lui a dit. Il a répondu en la séquestrant dans une case et en tournant nuit et jour autour de la case en brandissant le couteau et le fusil et en menaçant et en injuriant à la fois la séquestrée, ses mauvais conseillers, tous les menteurs et la maudite ère des Blancs qui interdisait d'égorger les adultères bâtards.

Une nuit elle s'est échappée, elle a couru seule dans la brousse, seule dans la nuit...

Elle était rincée, il restait à verser sur sa tête le contenu du seau d'eau tiède, elle le fit, et, en nage, renoua son pagne. Dans la case, elle tira la peau de chèvre, la déplia et se livra à la bonne et réconfortante prière du matin. Par quatre fois elle se leva et mit le front à terre, enfin s'assit à croupetons sur la peau et se confia à Allah, le Bienfaiteur miséricordieux. Un enfant ! Un seul ! Oui, un bébé ! Unique imploration sur cette terre, Fama se prouvant de plus en plus insuffisant. Qu'est-ce qui primait dans la volonté d'Allah ? Fidélité ou maternité ? La maternité sûrement, la maternité d'abord. Alors, que passât l'importance de Fama dans le cœur de Salimata pour qu'elle couchât avec d'autres hommes qui ne se hérisseraient plus des traits et des odeurs du féticheur Tiécoura, d'autres hommes n'introduisant ni la peur, ni le raidissement, ni le froid dans le corps de Salimata. Mais c'est l'infidélité, l'adultère qu'elle implorait. Allah, le Bienfaiteur miséricordieux, pardonne le blasphème ! Pécheresse ? Non ! Salimata n'était pas une pécheresse impie, la stérilité de l'époux et la fidélité de la femme cohabitant dans son mariage, elle implorait Allah, l'absoluteur et le miséricordieux pour qu'y passât la maternité. Décochement d'un petit sourire vite réprimé : jamais de sourire sur la peau de prière d'Allah.

Les ténèbres de la nuit s'étaient réfugiées autour des recoins, dans les feuillages des arbres, sous les toits, prêtes à pénétrer dans la matière des choses. Le ciel s'était approfondi. Vers le levant, se succédaient quatre ou cinq dalles enflammées, toutes barbouillées de petits nuages errants. La ville se blanchissait du matin. Préci-

43

pitamment Salimata récita les derniers versets, conclut la prière, replia la peau de chèvre et sortit de la case.

Fama était parti à la mosquée, il y priait chaque matin son premier salut à Allah. La bouillie avait cuit ; elle réserva une assiettée bien sucrée à Fama. Avec les soins que la femme doit, quel qu'ait pu être le comportement de l'homme, quelle qu'ait pu être sa valeur, un époux restait toujours un souverain. La soumission de la femme, sa servitude sont les commandements d'Allah, absolument essentiels parce que se muant en force, en valeur, en grâce, en qualité pour l'enfant sortant du giron de l'épouse. Et l'enfant, si Allah l'accordait, il devrait être un homme dont les millions d'années n'effaceront jamais les empreintes sur terre. Les grands hommes sont nés de mères qui ont couvé les peines, les pleurs, les soucis et les sueurs du mariage...

Elle vida la marmite dans une cuvette, se précipita à la chambre, noua un pagne lavé, enfila une camisole et, la cuvette sur la tête, sortit dans la rue par la porte de derrière, marcha dans le sable mouillé par la rosée, traversa le marché (il était encore vide) et arriva à l'embarcadère.

Deux pirogues contenant des passagers balançaient sur la lagune grise levant un vent moite qui collait au visage. Passagers et passeurs s'esclaffaient. Le plus leste des piroguiers sauta à terre, se précipita au-devant de Salimata, la déchargea, l'aida à embarquer et s'occupa de la cuvette ensuite. On partait aussitôt, le moteur explosa et crépita, l'embarcation tournoya et pointa vers le large, vers le plateau, le quartier blanc tout brillant des feux dans l'aurore.

— Avez-vous connu une nuit paisible ?

— Grâce à Allah, la paix seulement. Que la bonté du souverain des cieux nous apporte une journée favorable !

La voisine de Salimata était une collègue, une amie. Chaque matin elles se retrouvaient au débarcadère, chaque matin elles vendaient à la criée des assiettées de bouillie aux travailleurs attendant le son des cloches des ouvertures aux portes des boutiques, des ateliers, des chantiers.

Au large, les pétarades du moteur parurent faiblir et même mourir, ramollies par la pénombre et le frais de la lagune. La ville nègre s'éloignait, se rapetissait, se fondait dans le noir des feuillages et la ville blanche, lointaine encore, indistincte, mais éclatante dans les lumières des lampes. Seuls tranchaient le gris de la lagune et le bariolé du ciel. A droite, les nuages blafards barbouillaient un fond de ciel incendié et plus au nord-est une bande comme un grand pagne doré barrait tout l'horizon jusqu'au sommet du quartier blanc. Sur la lagune les chaloupes montant et descendant coupaient des traînées blanches entre les silhouettes des pirogues s'attirant, se mélangeant et disparaissant. A travers les arches du pont se distinguaient les feux des bateaux endormis dans le port. Brusque lueur diffuse ! Le matin venait de triompher, les nuages dorés bousculaient tout le gris du ciel avec une évidente joie. Sur le plateau en face, le quartier blanc grossissait, grandissait, haut et princier avec des immeubles, des villas multicolores écartant les touffes des manguiers. Un calme, une certaine indolence envahit Salimata. La paix du cœur. La lagune parut se rider sous les coups des tam-tams, des moteurs et des rythmes de cha-cha escamotés par le batelier. Mais le timbre de celui-ci rappelait Fama. Salimata se retourna, le chanteur était à demi caché par une passagère, mais la silhouette autant qu'on pouvait la voir, rappelait aussi, confirmait : pas le Fama vautour vide, mais le jeune, le beau, que Salimata avait rejoint lorsqu'elle s'était échappée du village.

Cette fuite ! Par la nuit grise, seule, par une piste, dans la brousse noire, mystérieuse d'esprits, de mânes, infestée de fauves, un baluchon sous l'aisselle, elle s'était enfuie. Elle avait couru sur les ronces, dans les gués, sur les graviers, couru en nage longtemps jusqu'à s'étouffer. Rien ne l'avait arrêtée : les peurs de la nuit, les fauves, les serpents. Rien ! Elle n'avait vu, entendu, pensé qu'à ce qu'elle fuyait, et avec l'air inspiré et soufflé dans la fatigue, avec les montagnes escaladées, les rivières passées, les forêts traversées, ce qui s'éloignait, ce qu'emportaient les graviers projetés par ses pieds dans les plaines, ce qui partait, ce qui se taisait avec les aboiements et hurlements, dépassés, les sifflements des serpents contournés, c'était l'excision, le viol, la séquestration, le couteau, les pleurs, les souffrances, les solitudes, toute une vie de malheur. A quelque distance, elle avait senti les genoux s'érailler, le cœur se rompre, les yeux se voiler, les reins s'écrouler. Elle n'en pouvait plus, elle s'était arrêtée, quelque temps seulement, car aussitôt la brousse s'était ébranlée. Que pouvait être ce bruit ? Etait-ce Tiémoko ? Etait-elle poursuivie ? Etait-elle sur le point d'être rattrapée ? Du coup la fatigue s'était expulsée des jambes, l'étouffement du cœur, les vertiges des yeux. Elle a repris la piste avec un second souffle, avec de nouveaux pieds et elle a couru plus fort, plus vite. Rattrapée, elle savait ce qui l'attendait :

égorgée sur-le-champ ou reconduite au village où à nouveau elle allait vivre séquestrée les nuits, et constamment pistée les jours par un Tiémoko fou et armé par la jalousie. C'est pourquoi elle avait repris la course. Le ciel avait promené des éclaircies à l'horizon quelque temps, puis la lune avait éclaté, et la brousse était redevenue blafarde mais toujours mystérieuse. Une deuxième fois elle s'était écroulée au pied d'un arbre, le découragement et la fatigue l'avaient vaincue. Haletante, elle avait pensé à ce qui s'approchait avec les distances à parcourir, les peurs et les fatigues à surmonter. C'était Fama, l'amour, une vie de femme mariée, la fin de la séquestration. Elle s'était rappelé la première fois qu'elle avait vu Fama dans le cercle de danse : le plus haut garçon du Horodougou, le plus noir, du noir brillant du charbon, les dents blanches, les gestes, la voix, les richesses d'un prince. Elle l'avait aimé aussitôt ; lui, Fama, avait soupiré : « Salimata, tu es la plus belle chose vivante de la brousse et des villages du Horodougou. » Et depuis, jamais dans les tourments des malheurs, dans l'amerture des soucis, dans toutes les damnations, elle ne l'avait oublié. Et c'était lui qui se trouvait au bout de la course, au terme de la nuit, à l'achèvement de l'essoufflement. Et alors elle s'était redressée et avait recommencé à courir, courir. La lune avait blanchi. Elle avait couru jusqu'au matin et jusqu'à la première ville. Tiémoko ne l'avait pas rattrapée et même pas poursuivie cette nuit-là. Dès qu'il constata la fuite, tout le reste de la nuit, couteau en main, il avait battu tout le village, case par case. Le lendemain, doigt sur la gâchette, il avait frayé brousses, marigots et montagnes environnants. Les jours suivants, renonçant à manger, à boire, à dormir, il avait promené sa rage et sa désolation dans les champs et villages de la province.

Alors, Salimata était loin et avait retrouvé son Fama. Un Fama toujours unique, déclencheur du désir de le toucher, de le frôler, de l'avaler, de l'écouter. Celui que rappelait le batelier escamoteur de l'air du cha-cha...

On était arrivé. Le débarcadère au flanc de la ville blanche ouvrait ses bras. Le moteur arrêta le battement de tam-tam et siffla comme une civette prise. Le soleil énorme, ardent comme le foyer du forgeron, avait escaladé le ciel, une route cuivrée et importante parcourait la lagune de l'est à l'ouest. Partout grouillait et criait l'animation du matin, sur le quai les travailleurs débarquant se hâtaient, les piroguiers et les pêcheurs s'affairaient et les marchandes vendaient à la criée. Epouvantées par les vacarmes, des nuées criardes de chauves-souris et de tisserins s'échappaient des manguiers, des fromagers et des palmiers qui serraient les blancs immeubles.

— Tiens, porteur! Qu'Allah te gratifie de la longue vie, de santé et fortune.

Le porteur qui avait aidé Salimata à décharger la cuvette tâta la pièce, la sentit et la glissa dans sa poche, indifférent et sourd aux vœux.

— Euf! Dis à ton tour des souhaits de bénédictions à mon endroit, afin que le marché et la journée soient favorables, que je sois féconde et riche en enfants comme ces chauves-souris!

L'homme interloqué répéta les vœux machinalement et s'éloigna.

Salimata monta l'avenue des Syriens. A droite, la place grouillante de la compagnie du Niger. Plus loin, perdus dans les haillons et les larges chapeaux de paille, des travailleurs du Nord se gorgeant de pain et de café.

— Bouillie ! bouillie bien sucrée ! cria-t-elle.

Une petite rue encastrée entre des maisons hautes et rouges avec des balcons en fleurs et de temps en temps une Blanche faisant sauter un bébé rond et souriant près d'un mari tout en épaules se pavanant. Le bonheur et la paix ! Allah accorde le bonheur et la paix à Salimata ! Et ce fut le chantier au bout de la rue, le chantier où se bousculaient tous les clients de Salimata.

— Bouillie ! bouillie bien sucrée !

La vendeuse fut aussitôt encerclée. Il suffisait de dire : « Qu'Allah t'accorde un enfant ! » pour qu'elle accordât des crédits. Une marchande un peu folle de la bonté, en quelque sorte ! Des oreilles de chauves-souris, un nez épaté, des balafres descendant jusqu'au cou : Moussa Ouedrago. Il devait six à dix bouillies et avait chômé deux semaines entières. Fallait-il laisser souffrir un humain parce que le pointeur ne l'avait pas inscrit pour la journée ? Allah transforme en chance et force pour l'enfant les bienfaits de la maman !

— Tiens, cette assiettée à crédit, Ouedrago !

Et Traoré, à la langue mielleuse, avait promis la poudre qui rend féconde la plus aride des femmes.

— Une bouillie !

Et Mamadaou ! Un qui payait toujours au comptant.

Mais un homme qu'elle n'aimait pas, le vrai coq du chantier qui osa demander à coucher Salimata. Devant tout le monde. Comme si elle était une petite qui se vendait en vendant la bouillie. Elle voulait être une mère, une mère digne, les mères chiennes font des enfants malchanceux. Et la maternité est une grande chose, une chose difficile, pour risquer de récolter quelque chose de désobéissant qui au lieu de soutenir les vieillesses de la mère et du père apporte des soucis.

Et Tiémoko, Bakary, Tieffy : à tous des assiettées à crédit. La cuvette vidée, nettoyée, la cloche de la reprise a sonné une première fois. Salimata allait revenir à midi. La cloche a sonné une deuxième fois. Le cercle qui entourait cassa, se dispersa. La bétonneuse grinça et tonna. Les marteaux frappèrent. D'autres machines rugirent. Tout le chantier résonna comme habité par un orage et un tourbillon.

Assiettes dans la cuvette, le tout sur la tête, Salimata descendit jusqu'au rond-point, la rue des débarcadères bordée de bougainvillées. Là, l'avenue débouchait sur des garde-fous, une plate-forme avec des escaliers à droite et à gauche. De là le quartier nègre, le pont, la lagune entière s'ouvraient et s'étendaient jusqu'à l'infini comme des chansons d'excisées. Le soleil avait atteint la maîtrise, la puissance. Les lourdes chaloupes dessinaient des traînées blanches et les pirogues les recherchaient. Les quartiers nègres se mélangeaient jusqu'à trois ou quatre maisons à étages aux couleurs vives, jusqu'à une église et un grand cinéma. Et après pointaient les feuillages et sortaient les blancs vaporeux de la lagune et de la forêt.

La journée restait longue encore : le marché à parcourir, le riz à cuire et à vendre, le marabout à visiter et tout cela avant la troisième prière. Et déjà le soleil chauffait les nuques, les chaloupes partaient et les choses à bas prix s'enlevaient vite, les bas prix, qui apportaient assez d'argent pour nourrir Fama, pour vêtir Fama, loger Fama, payer les marabouts et les sorciers fabricants de sortilèges. Elle renoua son pagne, rajusta sa cuvette de riz, descendit la plate-forme, traversa l'avenue, le quai, marcha le long du trottoir gauche. Aux bords du quai grouillaient des dépotoirs qui pimentaient et épaississaient les odeurs âcres de la lagune. Elle retint son souffle, marcha la rigole creusée par les pieds nus des passants, arriva à la plate-forme du quai chauffée par les appels des patrons des bateaux. Une chaloupe partait, Salimata y embarqua.

Le moteur péta, l'embarcation tourna et poussa les rides parcourant la lagune, les fendit.

Au large, seul maître et omniprésent, le soleil. Son éclat, ses miroitements sur l'eau et sa chaleur. Un peu, les piaillements du moteur, mouillés et essoufflés dans l'espace et se perdant dans les profondeurs des eaux...

Réchappée des folies de Tiémoko, Fama rejoint, retrouvé, aimé et vécu, les jours de bonheur sortirent. Oui, Salimata vécut le bonheur pendant des semaines, des mois et des années qui se succédèrent, mais malheureusement sans enfant. Ce qui sied le plus à un ménage, le plus à une femme : l'enfant, la maternité qui sont plus que les plus riches parures, plus que la plus éclatante beauté ! A la femme sans maternité manque plus que la moitié de la féminité.

Et les pensées de Salimata, tout son flux, toutes ses prières appelèrent des bébés. Ses rêves débordaient de paniers grouillants de bébés, il en surgissait de partout.

Elle les baignait, berçait et son cœur de dormeuse se gonflait d'une chaude joie jusqu'au réveil. En plein jour et même en pleine rue, parfois elle entendait des cris de bébés, des pleurs de bébés. Elle s'arrêtait. Rien : c'était le vent qui sifflait ou des passants qui s'interpellaient. Un matin, elle rinçait les calebasses ; sous ses doigts elle sentit un bébé, un vrai bébé. Elle le baigna, il pleurait en gigotant. Elle le porta dans la chambre et ouvrit les yeux. Rien : une louche dure et cassante. Et Salimata debout avec ses hontes et ses désespoirs. Une nuit, dans le lit, un bébé vint se coller à Salimata et se mit à la téter, les succions ont brûlé les seins gauche et droit, elle le tâta, tout chaud, tout rond, tout doux. Elle alluma la lampe : envolé, transformé en mortier de cuisine. Qui pouvait avoir introduit ce mortier ? Salimata s'en doutait et les sorciers le relevèrent, le confirmèrent : c'était le génie de fatalité qui la hantait au village, qui l'avait rejointe dans la capitale. Il aimait Salimata, ne la quittait jamais. Les effets de cette assiduité éclatèrent rapidement : le génie engrossa Salimata !

Qu'importe qu'après que tout fût tombé, se fût envolé, le docteur ait appelé cet état « une grossesse nerveuse » et les Malinkés « une grossesse de génie » ! Salimata avait été heureuse des mois et des mois ; elle avait exulté ; elle avait été enceinte, avait eu un ventre et tout ce qui apparaît chez la femme qui attend. Elle s'était présentée à la maternité, elle avait été examinée et reconnue en grossesse, inscrite sur le registre des enceintes du quartier.

Pendant des mois, comme toutes les femmes en grossesse du quartier, cuillère et carnet à la main, Salimata avait monté la rue 5, traversé une ou deux concessions avant l'avenue 8, puis le grand marché, avait salué les passants, leur avait dit qu'elle marchait vers le dispensaire pour avaler la cuillerée de potion des enceintes et les autres s'étaient empressés de féliciter, de prodiguer des bénédictions pour une bonne délivrance, un enfant de valeur, et avaient loué Allah d'avoir payé les bienfaits, la bonté et les prières de Salimata par une maternité.

Cela continua des mois et des mois, puis un an sans accouchement ! Deux ans. Rien ! Petit à petit le ventre baissa et tout ce qui fait la femme enceinte dépérit et disparut. Ce qui est malheureux dans ce genre de choses, c'est la honte subséquente. Une honte à vouloir fendre le sol pour s'y terrer ! Après des mois de grossesse sans avortement, sans accouchement, il faut sortir comme les autres, voir et parler aux autres, et rire aux gens. Evidemment les questions égratignent et embarrassent les gorges des interlocuteurs, on le voit. Alors, chaque fois on devient quelque chose, quelque chose de différent qui craint tout le monde...

Le bateau souffla rageusement. On était arrivé. Salimata et sa commère montèrent vers le marché, se saluèrent et se séparèrent.

Le marché ! D'abord, un vrombissement sourd qui pénétra dans tout le corps et le fit vibrer, le vent soufflant la puanteur. Puis une rangée de bougainvillées et le marché dans tous ses grouillements, vacarmes et mille éclats. Comme dans un tam-tam de fête, tout frétillait et tournoyait, le braillement des voitures qui viraient, les appels et les cris des marchands qui s'égosillaient et gesticulaient comme des frondeurs. Les acheteuses, les ménagères, ces sollicitées partaient, revenaient, se courbaient, sourdes aux appels, placides. Les toits des hangars accrochés les uns aux autres multipliaient, modelaient et gonflaient tout ce vacarme d'essaim d'abeilles, d'où cette impression d'être enfermé, d'être couvert comme un poussin sous une calebasse qu'on battrait. Salimata traversa : les vendeuses de légumes et la fraîcheur, le parfum de la rosée s'exhalant des salades, des choux, des radis, et enfin le marché aux fruits. Elle s'attarda. Un garçonnet de dix-huit mois, nu comme un fil de coton, nez et yeux grouillants et puants de morves et de mouches, se dandinait, marchait et tendait les mains à Salimata. Un enfant ! en avoir et le laisser traîner ainsi ! L'or ne se ramasse que par celles qui n'ont pas d'oreilles solides pour porter de pesantes boucles. Le garçonnet buta sur le cornet d'une natte, se renversa, les dents dans le sable. Salimata se précipita et le releva.

— Qu'Allah te remercie et te donne un enfant ! cria sa maman.

— Qu'il entende et donne de la force à tes souhaits.

Arrivèrent les vendeuses de poissons secs, de poissons frais, avec des relents de feu de brousse, de mare séchée, de vapeurs de la mer et de puanteurs de la lagune, puis le cercle des vendeuses de riz. Elle était venue pour acheter le riz à cuire à midi. Elle paya cinq mesures. D'autres étalages, d'autres vendeuses et marchands, toujours du bruit, toujours des odeurs, et le marché fut parcouru. La porte sud des hangars débouchait sur la rue de la concession de Salimata. Aux alentours, le bruit et l'animation soufflaient et grouillaient.

Salimata pénétra dans la cour par le portail. Au centre de la concession sous des manguiers battus par des tisserins, parmi les calebasses, les enfants et les poulets épars, des femmes pilaient. Les pileuses avaient connu une nuit paisible, ce fut la réponse faite aux salutations de Salimata, avec de grands éclats de rire. Dans la maison Fama était là sur une chaise, inutile et vide la nuit, inutile et vide le jour, chose usée et fatiguée comme une vieille calebasse ébréchée. L'aspect restait rassurant : la grande taille de fromager, les épaules, les bras, tout un visage susceptible de déclencher un oh ! d'admiration à une étrangère.

— Salimata, le marché a-t-il été favorable ?

Sourde, elle vaqua à son ménage, arrangea les ustensiles, changea de pagne « pour la cuisine », porta une marmite dehors. Le pilon frappa à coups rapides. Elle revint avec une cuvette. Il attendait toujours une réponse à sa salutation.

— Oui, le marché a été favorable. Et toi ? Dis-moi ! Resteras-tu tout le long de ce grand soleil dispersé comme ça sur la chaise ?

Fama aussi joua à l'indifférent, ne répondit pas et parut occupé à dénombrer les bâtardises des soleils des Indépendances. Salimata n'avait pas le temps, le jour était déjà loin et trop d'occupations attendaient. Certes le riz était dans la marmite, même bouillait, mais il fallait veiller à sa bonne cuisson et la sauce restait à cuisiner.

Elle apporta un petit mortier près du foyer et pila les condiments. Le pilon claqua comme un tam-tam de malheur et permit de ne pas écouter, de ne pas regarder, de ne pas sentir un Fama affadi. Qu'étaient loin les mois pendant lesquels elle attendait un enfant ! Le pilon résonnait toujours. Eteints et consumés les amours que Fama et Salimata avaient l'un pour l'autre à cette époque !

Elle l'aimait à l'avaler ! Commerçant et travailleur, il voyageait ; elle l'attendait et pensait des journées et des nuits entières au bruit de ses pas, au timbre de sa voix, au croassement de ses boubous amidonnés.

Il revenait, revenait toujours et avec toujours quelque chose en plus ajouté au sourire, à la blancheur de ses dents, à la chaleur du cœur. Il fut constant dans sa brillance et sa prévenance jusqu'à l'évanouissement du ventre !

Après, ni le frais de la paix, ni le lointain de la douceur du bonheur ne visitèrent le ménage. Parce que Fama se résigna à la stérilité sans remède de Salimata. Il alla chercher des fécondes et essaya (ô honte !) des femmes sans honneur de la capitale. Une première, une deuxième, une troisième. Rien n'en sortît. Toutes cumulèrent des mois, parlèrent parfois de mariage, parcoururent des saisons, en abordèrent d'autres, mais toujours vides et sèches comme les épis de mil d'un hivernage écourté, puis se détachèrent et partirent. D'ailleurs elles ne pouvaient pas rester ! La malchance et Fama ne se séparèrent plus. Elle se mêlait à tout ce qu'il entreprenait, guidait ses mains, ses jours, toutes ses affaires. Marchés, achats, ventes, voyages se soldèrent par des pertes. Seul restait le désespoir. L'orgueil, la chaleur humaine, la bonté du cœur s'évanouirent, Fama devint méconnaissable. C'est alors que tomba la politique. Fama lâcha tout pour y sauter avec force faconde et courage. Un fils légitime des chefs devait de tout son être participer à l'expulsion des Français ! La politique comprenait la virilité, la vengeance, et il y avait près de cinquante années d'occupation par des infidèles à injurier, à défier, à défaire.

Salimata fut interrompue dans ses réflexions par les sifflements des braises éteintes. L'écume du riz avait débordé, renversé, et étouffait les flammes.

Elle abandonna le pilon, se courba sur le foyer : le riz était cuit. La sauce avait bouillonné et en la saupoudrant de ce qui était pilé, elle devint salée et pimentée. Une assiettée de riz et une cuvette de sauce furent remplies, puis le tout fut posé en s'agenouillant aux pieds de Fama. Le mari était servi.

— Merci pour ta cuisine, qu'Allah t'en soit reconnaissant !

Elle retourna à la cuisine étouffante et grise de la fumée pimentant ses yeux, son nez, sa gorge, dégagea les tisons, transporta les marmites dans la cour, s'assit, avala aussi des poignées de riz, mordit des morceaux de viande. La viande était coriace, mais la sauce excellente et le riz un peu dur. Elle assembla ses effets, le soleil partait et bientôt allait sonner au plateau la sortie de midi. Après de rapides ablutions, elle changea de pagne, se chargea des cuvettes et, le tabouret à la main :

— Je pars pour la ville blanche à la place où se vend le riz.

— Qu'Allah fasse le marché favorable, qu'il rende tes pas chanceux, répondit Fama occupé à se laver les mains à côté des plats vides.

4. Où a-t-on vu Allah
s'apitoyer sur un malheur ?

C'était midi d'une entre-saison. Allah même s'était éloigné de son firmament pour se réfugier dans un coin paisible de son grand monde, laissant là-haut le soleil qui l'occupait et l'envahissait jusque dans les horizons. Toute la terre projetait des bouquets de mirages. Les rues et les quais résonnaient, brillaient au loin dans des myriades d'étincelles. Au débarcadère les bateaux venaient, repartaient et traversaient rapidement malgré la chaleur, malgré la réverbération de la lagune, et rapidement Salimata se retrouva sur le quai de la ville blanche, le corps et le souffle s'étant suffisamment accommodés de la chaleur et les yeux des mirages.

Le marché de riz cuit se tenait à quelques pas du débarcadère. D'autres vendeuses s'étaient déjà installées sous leurs préaux. Entre les vendeuses et autour des préaux rôdaient les chômeurs, circulaient des chaînes de mendiants : aveugles, estropiés, déséquilibrés. Les clients payeurs n'arrivaient pas encore, la sortie n'avait pas sonné, elle ne devait plus tarder.

Salimata s'installa en retrait, sans préau, ni table, ni banc, elle vendait comme toutes les autres, car Allah gratifie la bonté du cœur ; les bons caractères, la bonne humeur priment, et quand on est confectionné avec les tissus de Salimata, rien à faire, les clients vous suivent même retiré sur une termitière.

Les autres vendeuses à l'ombre des préaux servant sur des tables la jalousaient et médisaient. Salimata vendait, en plein soleil ! Du riz mal cuit ! Et à crédit ! En distribuant des sourires hypocrites ! Elles se disaient tout cela et d'autres paroles encore. Vraiment indignes de mères ! Et avec des cœurs méchants à égorger des poulets sur un linge blanc sans laisser de tache. Allah, le comptable du mal et du bien, comment justifies-tu d'avoir gratifié d'aussi méchantes créatures de progénitures, alors que Salimata une musulmane achevée...

Mais midi venait de retentir sur les chantiers, dans les bureaux. Les travailleurs affamés se bousculèrent aux portails, se déversèrent sur les places, dans les rues, dans les voitures et dans les pirogues.

— Du bon riz cuit ! A très bon marché ! Venez acheter du bon riz cuit !

Des meutes d'hommes, des essaims débouchèrent sur le petit marché. Des faisceaux de mains croisèrent des assiettes devant le nez et les yeux de Salimata. Rapides comme les pattes de la biche les mains de Salimata allèrent et vinrent, remplirent les assiettes de riz, les arrosèrent de sauce et les couronnèrent du morceau de viande, arrachèrent les prix (quinze francs), les enfouirent dans le pagne. Un bout de sourire à droite et à gauche pour répondre à des salutations :

— En paix seulement !

— Qu'Allah vous gratifie de la grande chance, marché favorable et beaucoup d'enfants !

— Qu'il vous entende !

Aussi agiles et rapides que le tisserand, les mains

de la vendeuse couraient de l'assiette au seau de riz à la sauce rouge et enfouissaient et enfouissaient beaucoup d'argent dans le bout de pagne. Le grand bienfaiteur des cieux rendait le marché favorable. Merci, Allah ! Et le petit marché frappait son plein vacarme, en pleine animation jusqu'aux préaux et sous les préaux jusqu'aux débarcadères et même sur la lagune où les pirogues et les bateaux se croisaient et se disputaient. Le soleil dominateur donnait toujours, appliquait sur les épaules et les membres quelque chose comme des pierres brûlantes, et étouffait. Elle souffla l'air asséchant, lourd et aigre. Qu'étaient nauséabonds les travailleurs en sueur avalant les poignées de riz, les orteils gonflés et pourris de chique, les genoux galeux, les culottes épaisses de gras et de poussières !

Brusquement Salimata s'indigna et tremblota. L'attitude de la vendeuse s'étant dégradée, les hanches avaient décollé (à cause de cette maudite chaleur !), un meurt-de-faim, un maudit accroupi, épaules nues, bouche écumeuse et lèvres tombantes, dévorait de gros yeux de lièvre l'entre-jambe de Salimata. Elle claqua et serra les cuisses et renoua le pagne. L'homme confondu tira et ramassa ses jambes longues d'échassier, se hissa sur les genoux craquants et s'éloigna en boitillant. Les mouches tourbillonnaient dans son dos, dans ses fesses et ses cheveux poussiéreux et en broussailles. Un fou affamé ? un idiot obsédé ? Le cœur de Salimata désempara. Tiécoura ! L'excision, le viol, la séquestration ! Le cœur de Salimata battit au rythme du marché. Elle aurait dû lui offrir une assiettée. Les fous, les mendiants et les chômeurs n'ont pas quinze francs ; ils ont la pauvreté, le chagrin et la rancœur mais aussi la franchise et l'amitié d'Allah. Salimata devait accorder des crédits à des chômeurs. La droiture est plus que la richesse, et la charité est une loi d'Allah.

— Chômeurs, faites tous des bénédictions à Salimata !

— Allah, rembourse la bonté de Salimata en double, accorde-lui beaucoup d'enfants !

— Qu'il vous entende !

Salimata rigola de contentement, toute gorge déployée, comme le petit oiseau qui découvre le brillant de son gosier lorsqu'il chante. Elle recompta. Beaucoup de monnaie ! une journée de chance ! Allah et la chance ont offert. Le devoir du donataire de la bonté divine est de faire des sacrifices. Le sacrifice protège contre le mauvais sort, appelle la santé, la fécondité, le bonheur et la paix. Et le premier sacrifice, c'est offrir ; offrir ouvre tous les cœurs. Et sait-on jamais en offrant qui est le secouru, le vis-à-vis ? Peut-être un grand sorcier, un élu et aimé d'Allah dont un petit geste, un petit mot suffirait pour féconder la plus déshéritée des femmes.

— Que les autres s'approchent ! tenez ! mangez !

Salimata distribua des assiettées aux chômeurs, aux affamés, jusqu'à vider la cuvette, jusqu'à la racler. D'autres affamés, d'autres guenilleux accoururent et se bousculèrent et maintenant tendaient les mains, présentaient leurs infirmités, leurs plaies. La cuvette était vide. Bien sûr elle avait dans le bout de pagne de l'argent qui ne pouvait pas être distribué. Ce serait offrir ses yeux pour regarder avec sa nuque. Tous les riches, les gros Toubabs et Syriens, les présidents, les secrétaires généraux auraient dû donner à manger aux chômeurs et miséreux. Mais les nantis ne connaissent pas le petit marché et ils n'entendent pas et ne voient jamais les nécessiteux. Allah, lui, les voit bien, les entend bien, les connaît bien et s'arrange pour qu'ils aient une assiettée un matin, un fruit le soir. Mais c'est tout, hors ce qui existe en quantité dans cette ville : l'eau de la lagune miroitante et infinie, mais pourrie et salée, le ciel plein de soleil ou chargé de pluies pour des chômeurs qui n'ont ni abri ni lougan. Alors que leur reste-t-il à faire ? Rôder, puer, prier et écouter le grondement de leur ventre parcouru par la faim.

Besaciers en loques, truands en guenilles, chômeurs, tous accouraient, tous tendaient les mains. Rien ! Il ne restait plus un seul grain de riz. Salimata le leur avait crié, le leur avait montré. Ne voyaient-ils pas les plats vides ? Elle leva les plats un à un, présenta les fonds un à un et les entassa à nouveau. Ils accouraient quand même, venaient de tous les coins du marché, s'amassaient, se pressaient, murmuraient des prières. Ils dressèrent autour de Salimata une haie qui masqua le soleil. La vendeuse comme du profond d'un puits leva la tête et les regarda ; ils turent leurs chuchotements et silencieux comme des pierres présentèrent leurs mains, leurs infirmités. Leurs visages vidés devinrent froids, même durs, leurs yeux plus profonds, leurs narines battirent plus rapides, les lèvres commencèrent à baver. D'autres arrivaient toujours et s'ajoutaient. Ils commencèrent à se pousser pour tendre les mains et reprirent le chuchotement des prières et des noms d'Allah. Alors Salimata entendit la menace, comprit les intentions des solliciteurs. Elle s'effara. Se jugeant perdue, elle ferma dur la main sur son argent, tenta de se lever et de rompre l'encerclement. Les murmures s'amplifièrent, s'élevèrent en clameurs et brusquement comme à un signal tous s'abattirent sur Salimata, l'attaquèrent en meute de mangoustes, la dépouillèrent, la maltraitèrent et avant qu'elle n'eût poussé trois cris, se dispersèrent, se débandèrent et disparurent dans le marché comme une volée de mange-mil dans les fourrés. Ils abandonnèrent Salimata seule au soleil, seule dans la poussière, les bras croisés sur la tête, le pagne tiré, les fesses nues, les cuisses serrées, les seins à découvert. Elle s'empressa de renouer le pagne, de rentrer les seins, de s'arranger. Elle avait les colliers et boucles d'oreilles arrachés, les plats ébréchés. Tout son argent, tout son gain emporté ! Des mains s'étaient promenées dans ses entre-fesses et entre-jambes, sous les seins et le bas-ventre.

Après le pillage de Salimata, ils s'étaient dispersés, mais rapidement s'étaient regroupés et en hurlant et en ricanant comme des hyènes, entreprirent une mise à sac de tout le marché. Les vendeuses les prévenaient en fermant les cuvettes et en s'asseyant sur les couvercles. Ils arrivaient, renversaient vendeuses et cuvettes, se remplissaient les mains et la saignée de riz ou même s'agenouillaient et dévoraient à même le sol, avec le nez, la bouche et le menton, comme des bêtes.

La clameur appela les policiers, les sifflets retentirent, les pillards valides détalèrent ; les autres s'essuyèrent et vaguèrent en paisibles mendiants ou clients avec des visages vides, des yeux profonds. Mais Salimata souffrait de ses oreilles meurtries, de ses genoux contusionnés. Elle pleura la camisole lacérée sous l'aisselle gauche, se leva, s'arrangea, ramassa les boucles du collier, chercha le mouchoir, releva les cuvettes et les entassa. Elle n'avait reconnu aucun assaillant ; mais elle ne doutait pas de leur identité ; c'étaient les bénéficiaires de sa charité qui l'avaient pillée et maltraitée. C'était toujours ainsi avec les miséreux et mendiants nègres ; ils sont des ennemis d'Allah. Plusieurs fois on avait mis Salimata en garde. La grande générosité au marché appelle la méchanceté, le désordre et le pillage. Parce que les nécessiteux et les truands sont trop voraces et trop nombreux. Le plus grand cœur du monde ne ferait que des satisfaits à demi et beaucoup d'envieux. Et un miséreux demi-satisfait ou envieux est un nécessiteux féroce qui attaque.

Pourtant Salimata leur avait bien présenté les fonds des cuvettes, elle n'avait plus rien. Elle aussi était pauvre. Allah ne voyait-il pas la pauvreté de Salimata ? Faut-il croire qu'il ne s'apitoie jamais sur un malheur parce qu'il n'y a pas de malheur qui ne soit pas son œuvre ? Depuis des mois Salimata n'avait pas traversé des jours aussi maléfiques. Il fallait partir au marabout pour découvrir la cause. Et qui savait si ce malheur n'en annonçait pas un plus grand ? Son marabout (il s'appelait Abdoulaye) réussissait à détourner les plus terribles sorts.

Pour la troisième fois elle passa la lagune mais plus malheureuse, plus indignée. Ah ! l'ingratitude des nécessiteux nègres ! Leur misère n'était que la colère d'Allah provoquée et méritée. Salimata continuera à faire l'aumône mais seulement aux vrais nécessiteux, jamais plus aux truands, paresseux de chiens errants !

Le bateau cassait les rides multiples d'une lagune enfoncée et enflammée par un soleil silencieux et pressant. Le petit marché et le plateau européen avec les étages blancs, les fenêtres vertes, bleues et rouges s'éloignèrent, et s'approcha et grandit le quartier noir

avec les toits gris, les ruelles sinueuses. Les horizons
après la ville nègre et les limites de la lagune du côté
du pont se tourmentaient. Et des nuages en flocons
se détachaient des feuillages, léchaient le firmament,
montaient à l'assaut de l'incendie du soleil, signes pré-
curseurs indubitables d'un orage. Et l'orage était là,
il ne tarda pas à danser dans le ciel lorsque après le
débarcadère, Salimata coupa la rue des paillotes,
tourna à gauche du dispensaire et déboucha dans la
cour des Oulofs. Les poussées de vent sonnaient dans
les toits, arrachaient les ruelles. Les nuages gonflés de
la victoire sautaient et attaquaient comme des mendiants pillards un soleil peureux et désemparé. Salimata passa la porte de la cour sous les cocotiers et
elle était arrivée, bien arrivée, dans la cour du marabout Abdoulaye. Dès lors le ciel pouvait se casser,
déverser tout ce qu'il a emmagasiné dans ses gourdes
de calebasse. Salimata s'en moquait. Elle était arrivée
où elle voulait. Chez Abdoulaye, et le marabout Abdoulaye était dans sa case. Maintenant, le vent pouvait
arracher, souffler des sables de la rue, même siffler
dans les toits de tôle comme une nuée de tisserins.

— Avez-vous eu une matinée paisible ?

— La paix seulement ! Et toi ? la journée a-t-elle
apporté la paix ?

— La paix ! Les volontés d'Allah et des saints ont
été faites. On ne t'attendait plus, le vent de l'orage
étant levé.

Il y avait un consultant dans un coin de la case du
marabout, ramassé comme un vautour en sommeil
dans les feuillages d'un fromager. Il salua à son tour,
souhaita que la paix et les bénédictions d'Allah tombassent sur Salimata. Le marabout n'avait plus long

à lui dire. Salimata s'éloigna, s'occupa de quelque ménage pour ne pas distinguer les chuchotements des deux hommes, les secrets du maraboutage.

Que pouvait penser ce consultant des rapports de Salimata et du marabout ? Elle entrait seule chez le marabout alors que le dehors était interdit par l'orage. Les mauvaises langues ? les mauvaises langues ? Mais Allah savait ; jamais il ne s'était passé autre chose que des rires et des salutations entre elle et le marabout. Et depuis des mois et des mois ils se connaissaient.

Longtemps avant de se voir, et de loin, Salimata avait entendu parler du marabout sorcier Hadj Abdoulaye. La sorcellerie et la magie couraient sous sa peau comme chez d'autres la malédiction. Né dans le Tombouctou aux portes du désert, derrière le fleuve, dans l'infini du sable jaune et des harmattans rigoureux, où les vents même nourrissent les hommes de connaissances comme dans nos cantons les orages apportent la typhoïde, Abdoulaye cassait et pénétrait dans l'invisible comme dans la case de sa maman et parlait aux génies comme à des copains. Qu'il fixât du doigt un fromager, et le tronc et les branches séchaient ! Pour un homme de cette corne, faire germer un bébé, même dans le ventre le plus aride : un rien, une chiquenaude ! La seule petite chose qui avait coupé l'espoir et l'enthousiasme était qu'Abdoulaye maraboutait cher. Marabout pour député, ministre, ambassadeur et autres puissants qu'aucune somme ne peut dépasser et qui pourraient se confectionner des pagnes en billets de banque et qui pourtant ne sont pas obligés de prêter à des chômeurs à cause de l'humanisme. La première fois qu'elle entra chez le marabout, elle lui expliqua qu'un chômeur était un homme qui vivait seul, qui avait faim et à qui elle offrait des assiettées à crédit ; qu'elle n'avait pas de ressources mais beaucoup de foi en Allah, de l'humanité pour les pauvres et surtout le grand malheur de la stérilité à extirper de son corps.

« Entendu ! entendu, Salimata ! avait répondu le marabout. Tu apporteras ce que tu pourras. La pauvreté autant que la richesse sont des œuvres d'Allah. »

Dans la suite Salimata vint et revint, ils se familiarisèrent et même elle lui devint indispensable. Le marabout vivait seul. Et balayer, épousseter, laver, placer ceci, déplacer cela seyaient mieux à une femme porteuse de pagne. Même s'il nuitait dans les cieux, parlait au génie comme à un copain, un homme restait un enfant. Il a suffi ensuite de rouler deux fois les fesses, de papilloter des yeux, de décocher un sourire, un rire pour ramollir et casser le formidable marabout. D'une voix d'innocent il pétilla des propos insolites et embrouillés : « Il y allait de sa dignité de la guérir de la stérilité. Si le mari se prouvait irrémédiablement impuissant : Alors ! Alors !... il faudrait... Allah juge aussi les intentions. »

Le désir accrochant la barbe du bouc aux épines du jujubier, il n'était plus question à la fin de fin de réclamer la petite noix de cola. D'ailleurs, devant Salimata, Abdoulaye vint à perdre son maintien de marabout ; son visage se gonflait d'un sourire chaleureux et parfois il prenait la voix d'un tout petit garçon.

Elle se félicita et profita de cet empressement. Et puis Abdoulaye se distinguait comme un mâle admirable ; vigoureux et puissant comme un taureau du

Ouassoulou, susceptible de tout pimenter plus que Fama, et riche en connaissance comme en argent. Elle venait le consulter en se couvrant de parures, de sourires, d'yeux brillants et curieux. Il avait mordu, avait secoué et vidé ses sacs les plus secrets, avait interpellé et interpellé les Invisibles pour leur arracher la fécondité de Salimata, maintenant acquise à quelques sacrifices près, « quelques riens de sacrifices ». En balayant et arrangeant la case elle tourna et retourna toutes ces pensées. Enfin le marabout se débarrassa de l'importun consultant, accrocheur comme un pou.

La frayeur qui fait miauler le petit chien quand la nuit sent la panthère parcourut Salimata lorsque, le consultant parti, le marabout l'apostropha avec des yeux écarquillés par l'angoisse, les pommettes musclées par la peur. « Salimata ! Salimata ! Salimata ! Des jours aigres, des jours (qu'Allah les tempère ! qu'Allah les dévie !) marchent à ta rencontre. Au cours de ma retraite, de mes prières et incantations de la nuit passée, j'ai vu des choses à toi. Il y avait d'abord le souci que t'avait communiqué la tristesse, ensuite toi, et après toi du sang, plein de sang jusque sur mon boubou, ma saignée était débordée de sang. Un couteau rouge de sang debout courait comme un lièvre. Des appels, des cris d'étonnement l'ont intercepté et affaibli dans sa course. Et quelqu'un a murmuré : il frappera et tuera sans sacrifice. »

Gémissement d'étonnement et soumission de Salimata bouleversée. « Attends ! attends ! tu verras » ; et le marabout de s'appliquer à installer les sortilèges divinatoires. Il usait de trois pratiques : traçage de signes sur sable fin (évocation des morts), jet des cauris (appel des génies), lecture du Coran avec observation d'une calebasse d'eau (imploration d'Allah).

D'abord, les morts. L'index et le médius droits collés tracèrent des bâtonnets horizontaux et perpendiculaires. Silence. Il se leva, se frotta le visage avec les deux mains jointes. Silence encore. Sûrement en ce moment les mânes pénétrèrent dans la maison, dans Abdoulaye, car ses joues se boursouflèrent, les sourcils et les lèvres se crispèrent, les yeux scintillèrent, les narines palpitèrent, tout le visage se crispa comme si l'homme était au seuil de la mort. Des gestes mécaniques d'un inconscient, maladroits comme les premiers pas d'un bébé. Hagard, il fixait les signes tracés. Des lèvres ramassées et durcies s'échappèrent des jurons qui pétèrent, ricochèrent sur les murs, firent jaillir et bousculèrent les grands noms des aïeux prestigieux. Les noms des grands sorciers enterrés ! Salimata traversée, ailée, était fusillée par les jurons et les évocations, et de ses entrailles montaient comme des rots, des prières et des implorations : « Mânes ! pitié ! sauvez-nous ! » Ses fesses se contractèrent et durcirent dans le pagne devenu aussi léger qu'une toile d'araignée. Le marabout un moment parut être passé du côté des morts. Mais un moment seulement. Car il se ranima aussi vite, happa le sachet de cauris, en épancha le contenu et se repétrifia. Il se ranima une deuxième fois, mais cette fois hérissé de colère et les lèvres embouteillées de mots terribles, rassembla à nouveau les cauris, les répandit et se figea de nouveau. Silence ! Silence ! Quelque chose parut introduire le silence dans la matière et les êtres de tout ce que la case contenait. Dehors le geignement du vent léchant le mur et les toits, le bruissement des nuages se bous-

culant dans le ciel et même les cris lointains de gens
courant dans le vent. L'animation repénétra dans le
marabout. Mais cette fois par petits bouts. D'abord
dans les doigts ; il compta, puis la vie atteignit les
lèvres collées d'où éclatèrent exclamations et jurons.
Salimata admirait. L'admiration montait par son échine
comme les séquelles d'une nuit chaude et pimentée,
éclatait dans ses oreilles en tam-tam de joie. En elle,
tournoyaient la frayeur et un désir de protection
comme si elle était parcourue par la fragilité de l'oi-
sillon recherchant les ailes maternelles. Et inconsciem-
ment, elle se surprit à se pencher et à s'approcher du
marabout, comme appelée, sollicitée, et de ses lèvres
s'envolèrent des flatteries de griot : « Bienfaiteur !
Homme des hommes ! Lion ! Révèle-toi ! » Heureusement pour la dignité de la femme, le marabout devin
n'entendit rien ; il ne pouvait rien entendre, même pas
le ciel soupirant la douleur de la chose qui accouche
du feu.

L'animation et le frémissement gagnèrent tout l'être
du devin, le piquèrent :

— C'est ça ! c'est ça la vérité ! s'écria-t-il, et il déballa
les feuillets jaunis, lut quelques lignes et enjoignit à
Salimata : Mire-toi, mire-toi dans la calebasse d'eau !
mire, mire !

Le tout hurlé avec une violence qui pénétrait comme
une pioche dans les vertèbres ; le ventre grogna et le
pagne se dénoua. Soumise, elle se courba...

— Dis-moi, que vois-tu dans la calebasse d'eau ?
regarde fort ! fort ! que vois-tu ?

— Un coq, un gros coq battant des ailes, qui chante,
chante, murmura Salimata.

— Regarde toujours ; toujours plus fort !

— On apporte un mouton blanc, c'est un bélier. Hé ! Hé ! Hé ! parti, le mouton. Des visages, des visages grimaçants ! Des masques de diable. Hé ! Hé ! Hé ! le noir, le rouge, la boue des marigots, le sable fin et doux. Hé ! Hé ! Hé ! tout a disparu. Plus rien. Rien. Tout a fui.

— Regarde toujours.

— Rien de rien. De l'eau, rien que de l'eau.

— Vraiment ! Vraiment rien ! bon, bien ainsi ! s'écria le marabout détendu qui poursuivit : La tromperie dit : demain, dans le sac, ou après le marigot ; mais jamais : le voilà ; alors que la vérité montre et présente, et les commentaires sont sans raison.

— Juste et complet. J'ai bien vu le coq rouge et le mouton blanc, répondit Salimata.

— C'est ta bouche qui vient de dire à toi-même tes sacrifices. Mes conseils se limiteront à te recommander de tuer immédiatement un sacrifice. Les signes frais encore ouverts, là sur le sable, attendent du sang. Et est ainsi dit mon premier conseil. Le second te parlera du mouton. Mais ce sacrifice peut attendre une semaine, même un mois.

Complète, nette, droite avait été la démonstration des moyens et pouvoirs du marabout. L'homme s'en gonflait et exultait. Elle, troublée, se frottait les yeux. Pourtant ce n'était pas un rêve. Un coq rouge avait été vu battant des ailes, avait été vu se lançant pour chanter. Et aussi un mouton blanc, un bélier à cornes retournées, au museau noir.

— Finissons-en sur-le-champ. Le marchand de volailles habite là-bas, dans la cour voisine. La pluie, oui, la pluie ne tardera plus guère.

Décontracté, mielleux, ton de petit garçon, le marabout prolongeait ses dires et ses gestes par des sourires infinis comme le Djoliba. En vérité, il suffisait de regarder, de connaître ! Salimata était née belle. Des fesses rondes, descendantes et élastiques, des dents alignées blanches comme chez un petit chiot, elle provoquait le désir de vouloir la mordiller ; et cette peau légère et infinie, le marabout ne se souvenait pas d'en avoir touché, d'en avoir pénétré de pareille !

Elle revint avec un coq ; le marabout l'arracha, le planta au centre des signes, maîtrisa les piaulements, les battements d'ailes. Résigné, l'oiseau tendit cou et bec et caqueta des appels assoiffés.

Ils s'accroupirent face à face, les mains sur le coq. Le marabout bégaya des paroles incantatoires. La gorge était enrouée. Mais pas pour longtemps, car les mots terribles la dégagèrent et jaillirent en volée de projectiles qui remplirent la case de mystère. « Mânes des aïeux ! Grands génies des montagnes aux sommets toujours verts ! Génies des biefs insondables ! Allah le magnanime qui couvre et contient tout ! Tous ! Tous ! » Des lèvres se collant et se décollant, bondissaient d'autres mots terribles, brillants et sonnants. Les mystères s'introduisirent dans le coq qui rassuré (blasphème !) piqueta quelque chose dans le sable.

« Un autre petit tracas ! » pensa Salimata. La position de la femme était pénible ; les tiraillements montaient et brûlaient dans ses genoux et ses reins ; le pagne descendait, elle le renoua. Le malheur qui courait à la rencontre de Salimata et de son époux, que pouvait-il être ? Ils avaient la pauvreté, s'étaient habillés de toutes les couleurs de la pauvreté. Serait-ce un accident stupide, la maladie, ou la mort ? Au village vivait la vieille maman de Salimata. Qu'Allah la préserve longtemps et longtemps encore ! Comme proche, Fama n'avait qu'un cousin mais avec lequel il ne pouvait cohabiter une seule nuit ; son décès serait un malheur (quel décès n'en est pas un !) mais un malheur de second rang. Quelque chose comme une fourmi grimpait dans le mollet de Salimata. Elle mit une main à terre et déplaça le pied gauche, mais les inquiétudes et les soucis n'arrêtèrent pas de la parcourir.

Le vent sifflait toujours, et par à-coups poussait porte et fenêtre. Dans la case, se chevauchaient des objets hétéroclites : marmites et calebasses d'abord, ensuite valises et natte, près du lit des boubous jetés sur une corde et avec au-dessous les sortilèges rouges, jaunes, verts. Noir de fumée et trop bas était le toit de tôle. On étouffait. Lui, Abdoulaye, totalement absent. Et sans qu'il les eût cherchées, les paroles incantatoires coulaient entre ses dents, les lèvres les battaient et elles s'échappaient énergiques, terribles, colorées. Sortaient, tournaient entre les murs ; et repartaient les forces évoquées. Accepté ! exaucé ! Ça ne trompe jamais, un sacrifice accepté. Tout coule. Les premières paroles incantatoires aussitôt poussées, les suivantes se bousculent. Un malheur définitivement détourné ! Louange à Allah ! Salimata méritait cette faveur, son humanité, sa foi, sa charité étant sans limite.

Un incident bénin faillit pourtant tout gâter, faire tourner la sauce. A force de tordre les reins, de peiner, de pirouetter, Salimata s'était stabilisée, disons-le, dans une position carrément provocante : les seins se découvraient, descendaient et se redécouvraient ; les hanches se décollaient, s'ouvraient noires, pimentées et profondes et se rouvraient. Des vapeurs érotiques inopportunes faillirent boucher l'inspiration du marabout. Sacrilège ! Du revers de la main il les chassa, souffla bruyamment, roula et leva les yeux au toit séparant du firmament habité par Allah et reprit par un énorme « bissimilai ! » bien appuyé. D'ailleurs — qu'Allah une fois encore en soit loué ! — Salimata comprit ; elle recolla les hanches, s'appuya d'une main au sol, renoua le pagne, enfouit les seins dans la camisole et tendit les oreilles.

Plus ça allait, plus ce monde devenait méconnaissable : un monde renversé ! Voilà maintenant qu'adviennent des sacrifices dépassant les moyens du sacrificateur. Bientôt un sacrifice de matou incombera à la petite souris ! Un mouton ! Allah le savait bien, un mouton pour Salimata et Fama, c'était beaucoup ; près de deux mille francs ! Même si la nuit devenait le jour, de toutes leurs cachettes ils ne gratteraient jamais assez d'argent pour compter jusqu'à... Donc encore des dettes !

« Génies des forêts sombres et calmes et des montagnes accouchant des nuages, des éclairs et des tonnerres ! Mânes des prestigieux aïeux, vertèbres de la terre nourricière, acceptez, attrapez ce sacrifice dans la grande volonté d'Allah le tout-puissant et éloignez de nous tous les malheurs, pulvérisez les mauvais sorts ! Oui, tous les mauvais sorts : ceux montant du sud, ceux descendant du nord, ceux sortant de l'est, ceux soufflant de l'ouest ! »

Le marabout avait plutôt haussé la voix pour débiter cette strophe ; il la cassa en terminant et chuchota celle-ci :

« Que se dilue comme la goutte de larme dans le grand fleuve le mauvais sort dans le vent qui souffle, s'éloigne et meurt. Grâce à Allah le bubale ne bondit pas pour que son rejeton rampe. Que le sacrificateur acquière par ce sacrifice la destinée de la petite paille que le grand incendie de la forêt a préservée. »

Ensemble ils portèrent les mains jointes au visage.

— Amen ! Amen ! Amen !

— Prends les ailes et les pattes, maîtrise-les bien... Maintiens-le dans le sable, enjoignit l'homme.

Fièvreusement il dégaina un couteau à la pointe recourbée. Brûlant et brillant, pétrifiant comme celui de l'exciseuse. Il le glissa sur le gosier du coq et l'enfonça ; à Salimata échappa un gémissement étouffé d'horreur.

— Bissimilai !

Le sang gicla, le sang de l'excision, le sang du viol ! L'homme se débarrassa du couteau, empoigna la victime, l'arracha à la femme, et la balança haut et loin dans la cour, dans le vent. Comme une gousse de baobab l'oiseau frappa le sol et se croyant libéré se projeta vers le ciel, une fois, deux fois, trois fois, s'efforça de se lever en vain ; le bec et la tête ne décollèrent pas du sol. Alors il siffla la douleur et la mort, battit un tam-tam d'ailes et disparut dans un tourbillon de poussières, de plumes et de sang. Abdoulaye et Salimata fixèrent le regard sur ce spectacle.

Elle : l'essoufflement et les vertiges qui l'assourdissaient, l'étreignaient, et les couleurs qui se superposaient : le vert et le jaune dans des vapeurs rouges, le tout rouge ; la douleur et les roulements de ventre, les chants dans l'aurore ; le champ de l'excision au pied des montagnes aux sommets vaporeux, le soleil sortant tout rouge, tout noyé dans le sang, le viol, la nuit et les lampes brillantes et éteintes et fumantes et les cris et les jambes piétinées, contusionnées, les oreilles meurtries, les pleurs et les cris et le pillage...

L'oiseau se débattit encore, les impulsions faiblirent, faiblirent jusqu'à l'ultime sursaut. Il tenta de s'envoler en vain et tomba les pattes en l'air et les doigts ouverts. « Sacrifice accepté ! pattes en l'air ! doigts ouverts ! signes authentiques du sacrifice accepté, des vœux exaucés. » Le marabout regarda Salimata qui se décontracta et s'émailla de sourires. « Qu'Allah le fasse ainsi ! »

Un dernier spasme secoua tour à tour le doigt extrême gauche, le pouce droit, le doigt interne. Les rémiges se décollèrent aussi, une à une, et ce fut tout. Le vent redoubla d'intensité comme les douleurs et le soleil après l'excision, la nuit, les pleurs et le viol.

— Salimata, je te le jure, voilà un sacrifice accepté, répéta le marabout.

Depuis midi les nuages charriés par le vent et brûlés par le soleil se distendaient et mangeaient le ciel. Maintenant les éclairs le battaient, le hachaient, le parcouraient pour le casser en mille parts, d'où jaillissait le tonnerre. Un dernier vent ronflant se déchaîna. Rien n'arrêta plus l'événement. Les gouttes de pluie grosses comme des œufs de tourterelles martelèrent les toits et la cour.

— La pluie qui tombe, qui lave le sol après un sacrifice, c'est très bien. Encore un signe de sacrifice accepté.

— Qu'Allah donne la force à tes paroles ! Merci, Abdoulaye, pour le malheur détourné. Reste la stérilité qui m'habite et me désole ; les amulettes et les médicaments ne l'ont pas encore extirpée. Prends pitié de moi.

Abdoulaye ne répondit pas. Et encore le désespoir et la tristesse ramollirent et refroidirent la femme. Salimata et Abdoulaye se fixèrent. Lui avec des œillades admiratives, elle avec les yeux curieux et contemplatifs avec lesquels la biche avant de détaler toise le chasseur à la lisière de la forêt. Et petit à petit elle surprit le regard d'Abdoulaye se transformer, les pommettes se durcir, les veines frontales se gonfler. Ils continuèrent à se fixer.

La porte était bien close. Dehors hurlait le vent, battait la pluie. Sous un orage pareil, personne, personne d'autre ne pouvait arriver et les surprendre. Donc, seuls, absolument seuls. Lui avait détourné le mauvais sort courant vers elle (un grand bien par un homme viril !). Elle avait fait le ménage avec soin (comme une docile épouse). Ensemble ils avaient sacrifié le coq. Le coq rouge refroidissait dans une cuvette. Le sang avait giclé, mais un sang n'ayant pas pour l'un et l'autre la même couleur, le même fumet. Pour lui, couleur de douceur et fumet du désir d'une peau fine, des fesses rondes et des dents blanches. Pour elle, couleur de l'excision et du lever du jour, fumet de la crispation et de la frayeur.

— Prête tes oreilles, Salimata, et pense bien mes paroles ! Le dire se démêle comme les plumes de ce coq (il le désigna du doigt dans la cuvette). Allah a sacré le mariage, c'est un totem. Mais l'enfant pour une femme dépasse tout ; le but de la vie est que naisse un rejeton. La vérité comme le piment mûr rougit les yeux mais elle ne les crève pas. Allah a figé des sorts définitivement. Ton mari, je te le dis d'un intérieur et d'une bouche clairs, ne fécondera pas les femmes. Il est stérile comme le roc, comme la poussière et l'harmattan. Voilà la vérité, la seule. Tout autre dire est mensonge et il n'y a plus de bien dans le mensonge comme il n'y a pas de sang dans le grillon, conclut-il.

Dehors, le vent et la pluie s'enrageaient. **Dans la** maison tout répétait, tout criait : « Le mari ! Le mari ne fécondera pas ! » Les dires, les yeux, les oreilles des autres, de la ville, du monde, absents, éloignés. Quatre yeux ! quatre oreilles ! rien d'autre. Et « le mari ! Le mari ne fécondera pas ! »

— Approche ! murmura le marabout.

Elle recula. Comme un boa, lui se tordit, se balança et amorça un sourire. Elle regardait et du fond de son intérieur montèrent comme un appel lointain les vapeurs de l'excision et du viol, et tout changea ; les yeux du marabout tournèrent, et sortirent les feux de la sauvagerie de Tiécoura ; les narines s'aplatirent et atteignirent à l'horreur des narines de Tiécoura.

— Pourquoi ? Pourquoi hésiter ? ta main ! ta main ici, ajouta-t-il.

Elle, s'essoufflait, se crispait.

Dehors donnaient le vent et la pluie. Rien ne pouvait surprendre. Mais sur elle bondissaient et se fracassaient les souvenirs. Souriante, fière, elle avait marché à l'excision, au champ de l'excision. Malmenée par la douleur elle avait rencontré le malheur, versé le sang comme celui du coq, la douleur, le fumet des sacrifices et des adorations, et enfin Abdoulaye le marabout en face d'elle. Elle le fixa : pas de doute. Au cou montaient les carcans de Tiécoura et le boubou prenait la couleur de l'habit de Tiécoura.

— Approche ! Approche !

Il ne comprenait et n'entendait qu'une seule chose : lui et la femme étaient seuls. Il ne voyait qu'une femelle brillante, ronde, hésitante, mais soumise, et ne connaissant que le désir qui l'agitait et le chauffait. Il tira à arracher le pagne.

78

— Laisse-moi, ou je crie !

Il sourit. Non ! Elle ne voudra pas crier ; et il s'accrocha et tira plus fort ; la femme fut projetée, dispersée et ouverte sur le lit ; il ne restait qu'à sauter dessus. Il ne le put ; car elle hurla la rage et la fureur et se redressa frénétique, possédée, arracha, ramassa un tabouret, un sortilège, une calebasse, en bombarda le marabout effrayé qui courait et criait : « A cause d'Allah ! à cause d'Allah ! » Le couteau à tête recourbée traînait ; elle s'en arma, le poursuivit et l'accula entre le lit et les valises. Dans les yeux de Salimata éclatèrent le viol, le sang et Tiécoura, et sa poitrine se gonfla de la colère de la vengeance. Et la lame recourbée frappa dans l'épaule gauche. L'homme à son tour hurla le fauve, gronda le tonnerre. Elle prit peur et par la porte s'échappa, pataugea trois ou quatre pas dans la pluie, se précipita sur les cuvettes, ramassa le poulet sacrifié et sortit.

Derrière, le marabout continuait à chauffer la case de ses hurlements. Elle se replongea dans la pluie, traversa la concession en courant, rejoignit la rue. Le vent soufflait frais ; la pluie tombait faible en gouttes espacées grosses comme des amandes de karité. Les gouttes mitraillaient la cuvette et les épaules. Partout la boue, la boue stagnait autour des maisons, courait dans les fossés et se répandait sur la chaussée. Personne dans la rue ! C'était heureux ainsi. Aucun témoin à son inquiétude au cœur, à sa honte au front. A gauche passait une ruelle perdue. Elle y pénétra pour pleurer son malheur et cacher son visage de femme qui n'aura jamais d'enfant parce que ne sachant coucher qu'un homme stérile. Elle avait le coq sacrifié dans ses bagages. Plus loin elle arriva à un petit monticule, avec au

79

sommet un croisement, un petit pont et des ravins grondant d'eaux écumantes. Elle monta sur le parapet, sortit le poulet sacrifié, le lança dans le torrent qui le fit tournoyer et l'emporta. Elle le suivit et souffla. En ce lieu, la pluie avait passé, sauf un petit crachin. De brefs miroitements parcouraient le ciel. Elle suivit le poulet sacrifié longtemps et loin. Elle pensa que son giron venait de couler de tous les enfants rêvés, recherchés, et que le coq en sang les emportait définitivement. Elle avait le destin de mourir stérile.

DEUXIÈME PARTIE

1. Mis à l'attache par le sexe, la mort s'approchait et gagnait; heureusement la lune perça et le sauva

La suprême injure qui ne se presse pas, ne se lasse pas, n'oublie pas, s'appelle la mort. Elle avait emporté le cousin Lacina du village. Oui, le cousin ; et bien que celui-ci fût l'homme qui par ses intrigues, marabou-tages, sacrifices avait évincé Fama de la chefferie du Horodougou, ce décès était un malheur. Les récrimi-nations devaient être tues. Le défunt appartient au seul jugement d'Allah et ce qui appartient aux parents sur-vivants est d'organiser de dignes obsèques. Fama décida d'aller au village pour les funérailles ; il parcourut toutes les concessions malinké de la capitale pour faire éclater la nouvelle du décès du cousin et annoncer son voyage. Qu'Allah continue de bénir et de renforcer la communauté malinké de la capitale ! Chaque Malinké se surpassa en générosité. L'argent fut sorti et offert par tous. Les moyens pour voyager et organiser de grandes funérailles, et même plus, furent rassemblés. Fama pouvait partir.

De bon matin il se présenta à l'autogare accompagné de Salimata et de beaucoup d'autres Malinkés. Les camions en partance pour le Nord s'alignaient dans la clameur. Fama embarqua dans le camion du chauffeur

Ouedrago. « Non ! Non ! lui cria-t-on. Descends, vieux ! Monte dans le camion de tête de file ! » Celui qui interpellait se présenta : « Délégué du syndicat national des transporteurs. » Donc Fama devait descendre sans discuter. « C'était comme ça. » Syndicat des transporteurs ou syndicat des bâtards, Fama s'en moquait. Il se dressa, dégaina son couteau et malgré les cris de Salimata, menaça le délégué et injuria tout le monde, le délégué et le syndicat de tous les bâtards, leur père et la mère des Indépendances. Le délégué recula et laissa la paix à « ce fou de Malinké ».

Ils partirent, et dès la sortie de la capitale Fama se félicita d'avoir à l'autogare découvert toutes ses canines de panthère de vrai Doumbouya. Il a eu raison, vingt fois raison d'avoir embarqué par les injures et les menaces dans le camion de Ouedrago. Il fallait voir les autres croiser ou dépasser, il fallait voir les chauffeurs, un bras et la tête hors de la cabine, criant : « S'en f... la mort ! » et dans un vacarme de klaxons et de ferraille, l'auto croisait. Une autre camionnette organisait un concert de klaxons derrière, puis arrivait à votre hauteur, balançait dans le fossé, vannait les passagers assis pêle-mêle sur leurs bagages, vous dépassait, faisait aussitôt une queue de poisson, attaquait la côte et disparaissait dans la descente. Les abords de la route n'en finissaient pas d'être hérissés de carcasses squelettiques de camions comme vidées par des charognards. Alors que Ouedrago conduisait avec une prudence de caméléon, pour éviter une crevasse, pour aborder un tournant, il murmurait mille incantations où se mêlaient les noms d'Allah et des mânes. Fama aussi priait pour que tout le voyage se passât favorablement.

Ils traversaient les savanes des lagunes. Des arbrisseaux étaient accrochés aux monts qui roulaient jusqu'à l'infini. C'était le matin. Le soleil venait de pointer et s'empressait de fondre et balayer les nuages avant de monter plus haut et faire régner un vrai jour d'harmattan. Fama, lui, était préoccupé et mélancolique. Il quittait Salimata, la capitale, tous les amis, toutes les cérémonies, les palabres et il ignorait quand il pourrait revenir. Le patriarcat de la tribu lui incombait après le décès de son cousin. Devait-il l'assurer et demeurer au village ou y renoncer et retourner à la capitale ? Fama n'avait pas encore décidé. Evidemment il allait consulter le devin, tuer des sacrifices et suivre le meilleur sort. Quel qu'ait pu être le choix, Fama devait se préparer à beaucoup de soucis ; il voulait penser pour être prêt à les démêler quand ils devaient survenir. Mais malheureusement il n'était pas seul. Dans le camion de Ouedrago, il y avait beaucoup d'autres voyageurs et les trois voisins de Fama étaient trop volubiles.

Fama dut leur indiquer le but de son voyage. Le voisin cria sa surprise. Il s'appelait Diakité, était originaire du Horodougou ; évidemment il connaissait le village de Fama, la famille Doumbouya, avait connu le cousin, avait entendu parler de Fama. « Que la paix soit avec toi, Fama ! » dit-il avant de poursuivre. Depuis combien de saisons Fama n'était-il pas parti au pays ? Des années ? depuis des années ? Dans ce cas de nombreuses et désagréables surprises l'attendaient là-bas. Lui, Diakité, avait fui son village, car son village était de la zone du Horodougou se trouvant en République populaire de Nikinai et le Nikinai c'était le socialisme. Fama savait-il comment lui, Diakité, avait échappé ?

Non ? Ce fut grâce à la lune ! oui, la lune qui marche dans le ciel.

Son père était un riche notable (soixante bœufs, trois camions, dix femmes et un seul fils, lui, Diakité) quand arrivèrent l'indépendance, le socialisme, et le parti unique. Le père de Diakité, qui était de l'opposition, fut convoqué, on lui signifia que son parti était mort, qu'il avait à adhérer au parti unique L.D.N. Il adhéra, paya les cotisations pour lui, sa famille, ses bœufs et ses trois camions. Le lendemain on le manda encore ; il devait payer les cotisations du parti des années courues depuis la création de la L.D.N. : dix années de cotisations pour lui, son fils, ses dix femmes, ses soixante bœufs et ses trois camions. Il s'en acquitta.

Quelques mois après, comme était venu le parti unique arriva l'investissement humain. Le père de Diakité devait donner ses camions pour construire le pont du village. Il mit les camions à la disposition du parti, mais comme il n'y avait pas d'essence, la jeunesse L.D.N. les incendia. Le vieux très indigné se résigna et même mima un sourire narquois (de toute façon depuis l'indépendance il n'y avait plus ni routes ni essence).

Un autre jour les responsables se présentèrent : le pont se construisait par l'investissement humain et ni Diakité, ni son père ne participait. Le vieux leur rappela que battait la moisson, que son fils ne pouvait quitter ni les bœufs ni le lougan. Ils repartirent, mais quand le soir Diakité en rentrant les bœufs passa sur le pont, la jeunesse L.D.N. qui guettait, sortit, l'assaillit, le ligota, le déculotta, noua son sexe par une corde et comme un chien le mit à l'attache à un pieu du pont. Le père de Diakité courut supplier le secrétaire général du parti qui répondit que le socialisme étant la fin de l'exploitation de l'homme par l'homme, l'on ne devait plus marcher sur un pont à la construction duquel on n'avait pas participé. Le vieux l'adjura, il demeurait inébranlable ; le socialisme était le socialisme !

Le père de Diakité rentra chez lui, revint et le somma d'aller détacher le supplicié ; le secrétaire général éclata de rire. Alors le vieux se déchaîna, épaula son fusil et le déchargea en pleine poitrine ; le secrétaire général s'effondra. D'autres villageois accoururent, le père de Diakité tira, la panique gagna le village. C'était la nuit. Le notable forcené se promena de concession en concession et l'un après l'autre abattit le secrétaire général adjoint, le trésorier et deux autres membres du parti. Tout le village se réfugia dans la brousse. Il vint au marigot, délia son fils, dénoua son sexe et le délivra. Et heureusement cette nuit-là la lune perça. Pendant trois nuits de lune, Diakité put se diriger dans la brousse, éviter les serpents et les fauves, et rejoindre les frontières. Son papa fut jugé et fusillé.

Il y eut un silence. La savane des lagunes était passée, maintenant ils traversaient la forêt compacte. Les virages succédaient aux virages, de sorte que les voyageurs étaient vannés, tangués et Fama fut pris de vertige et de nausées. Il souffla, cracha une salive gluante de la fadeur de la sève de baobab, et se redressa.

Le voisin de gauche prit le palabre. Lui aussi était un échappé du socialisme ; il s'appelait Konaté, était de race bambara. Pourtant tous ses traits étaient ceux d'un Peul : les tatouages tribaux, le maintien sec d'un arbrisseau d'harmattan et les oreilles d'un oryctérope. Il se répétait constamment. Il avait fui à temps, juste à temps, puisque trois jours après lui, on procéda à l'échange des billets et tous les commerçants furent irrémédiablement ruinés. Konaté avait la nostalgie de son pays, il l'aimait, savait aussi que le socialisme après sera une bonne chose ; mais comme pour tous les gros bébés, la naissance et les premiers pas étaient difficiles, trop durs : la famine, la pénurie, les travaux forcés, la prison... C'était pour atténuer les rigueurs du socialisme qu'il hantait les frontières, trafiquait les devises et contrebandait les marchandises. C'était vraiment pour Allah, l'humanisme, le patriotisme, qu'il voyageait et cela en dépit de tous les risques qui guettent aux portes du socialisme.

Sery, le vis-à-vis de Fama, répondit. Lui, Sery, connaissait le secret du bonheur et de la paix en Afrique. Sery était l'apprenti chauffeur de Ouedrago et à califourchon sur le bord de la carrosserie depuis le départ il n'avait cessé de s'agiter, de chanter et de protester. Son patron conduisait trop prudemment, plus qu'un caméléon. Lui au volant, le camion aurait déjà laissé des kilomètres et des kilomètres. Il était tout luisant de jeunesse et de santé. Il avait des hanches et des bras rondelets et un cou de taurillon qui débouchaient et débordaient d'une culotte et d'une chemise déchirées et épaisses de gras, le visage fascinant d'un jeune fauve, les gros yeux et les dents blanches d'un chiot. « Connaissez-vous les causes des malheurs et des guerres en Afrique ? Non ! Eh bien ! c'est très simple, c'est parce que les Africains ne restaient pas chez eux », expliqua Sery. Lui il n'avait jamais quitté la Côte des Ebènes pour aller s'installer dans un autre pays et prendre le travail des originaires, alors que les autres venaient chez lui. Avec les colonisateurs français, avaient débarqué des Dahoméens et les Sénégalais qui savaient lire et écrire et étaient des citoyens français ou des catholiques ; des nègres plus malins, plus civilisés, plus travailleurs que les originaires du pays, les membres de la tribu de Sery. « Les colonisateurs toubabs leur confièrent tous les postes, leur attribuèrent tout l'argent, et avec cet argent les Dahoméens couchèrent nos filles, marièrent les plus belles, s'approprièrent nos meilleures terres, habitèrent les plus hautes maisons ; ils égorgèrent nos enfants en offrande à leurs fétiches, sans que la justice française intervienne, parce qu'ils étaient les juges et les avocats. Quand il y avait un nouvel emploi on faisait venir un Dahoméen de son pays et quand il y avait un licencié, un chômeur, c'était toujours un originaire du pays. C'était comme ça : les Toubabs en haut, après les Dahoméens et les Sénégalais, et nous autres, au-dessous des pieds, des riens », démontra Sery en superposant les mains. Aussi dès que sonna l'indépendance les Sery se levèrent, assaillirent et pourchassèrent les Dahoméens. « Nous leur arrachâmes d'abord nos femmes, assommâmes leurs enfants, violâmes leurs sœurs devant eux, avant de piller leurs biens, d'incendier leurs maisons. Puis nous les pourchassâmes jusqu'à la mer. Nous voulions les noyer afin de les revoir après rejetés par les vagues, les ventres ballonnés et méconnaissables comme des poissons dynamités. Par chance pour eux les troupes françaises s'interposèrent, les parquèrent dans le port et en interdirent l'entrée par des chars. Et les Dahoméens embarquèrent. Après les Dahoméens et avec l'indépendance, le pays était vraiment bien, il y avait du travail et des maisons pour tous. Alors nos étudiants et intellectuels nous ont dit de chasser les Français ; ça aurait apporté beaucoup plus de maisons, d'argent et de marchandises. Mais c'était difficile, il y avait les troupes françaises, et puis ce n'était pas bien, parce que sans les Français il n'y a pas de travail et nous ne voulions plus chômer. » C'était les raisons pour lesquelles les Sery avaient refusé. Mais maintenant les choses commençaient à se gâter encore. Parce que d'autres Africains n'étaient pas restés chez eux, parce que venaient toujours en Côte des Ebènes, les Nagos du Sud, les Bambaras et Malinkés échappés du socialisme, les Mossis du Nord, les Haoussas de l'Est.

Les Mossis et les Haoussas, ça passait encore, ils venaient travailler et prenaient les emplois que les originaires n'aimaient pas, le travail pénible et dangereux. Mais les autres et surtout les Nagos, arrivaient aussi dénudés, pauvres et secs que le caleçon d'un orphelin, et beaucoup plus sales encore. Et ils ne débarquaient pas seuls, mais accompagnés de leurs femmes pleines comme des margouillats et leurs marmailles plus nombreuses que deux portées de souris, accompagnés aussi de leurs mendiants, de leurs aveugles, de leurs culs-de-jatte, de leurs déments, de leurs voleurs, de leurs menteurs qui ont envahi nos places, assiégé nos mosquées, nos églises, nos marchés. Et puis, valides ou invalides, les Nagos ne travaillaient pas, mais rôdaient autour des usines, des ateliers et des magasins en tendant les mains. « Par charité nous leur avons offert l'aumône ; comme ils étaient secs comme des serpents morts et n'avaient pas besoin de nourriture, ils ont accumulé nos dons pour acheter des cigarettes et sont revenus nous revendre ces marchandises à crédit ; puis ce fut du riz, des chemises, des chaussures à crédit et en définitive ils réussirent à nous avancer la moitié de notre salaire à des taux d'usuriers.

Ils étaient riches ; et ils ont occupé une partie de nos maisons et en moins d'une semaine, nos concessions étaient devenues aussi répugnantes que les yeux et les nez de leurs marmailles qu'ils ne mouchent jamais, aussi puantes que les fesses de leurs rejetons qu'ils ne torchent jamais. Alors nous leur avons abandonné la concession. Ils l'ont achetée, ils l'ont restaurée, l'ont quittée et l'ont louée et se sont réattaqués à d'autres concessions. C'est ainsi qu'ils ont réussi à s'approprier toute la ville. Nos dirigeants ont commencé à les utiliser comme prête-noms pour acheter, vendre, prêter. C'est aux Nagos que les Français et les Syriens accordent les crédits ; et en définitive nous travaillons et ce sont les étrangers qui gagnent l'argent. Nous sommes très mécontents de tout cela. Faut-il tuer encore, jeter encore à la mer ? Cela n'est pas bien », conclut Sery. Et c'est pourquoi il disait que l'Afrique connaîtrait la paix quand chaque nègre resterait chez lui.

Il y eut un silence parmi les passagers. La camionnette se relançait vers un parcours plus droit, chaud et aveuglant de soleil ; le fleuve Boudomo avait été passé, les arbres se rapetissaient. « Mes dires ont donc sonné le silence comme le pet de la vieille grand-mère dans le cercle des petits-enfants respectueux », s'étonna Sery en prolongeant la phrase par un éclat de rire qui n'eut pas d'écho. Il leva les yeux et tressaillit en s'apercevant que de tous côtés des regards de stupéfaction étaient fixés sur lui. Toutes les lèvres étaient tirées et tassées, les oreilles n'écoutaient que les soufflements du moteur.

Et Fama entreprit de penser. Quand il présenta à Salimata la lettre annonçant le décès, elle s'écria :

— Allah, aie pitié du décédé ! Accorde-lui un meilleur repos !

Puis elle se leva de son tabouret, fit sonner les ustensiles comme... Que cherchait-elle au juste ? Elle revint les mains vides, les yeux larmoyants :

— Oui ! alors que comptes-tu faire, Fama ?

— Rien, aller assister aux funérailles et revenir.

— En vérité, tu penses revenir dans la capitale ? Recommencer cette vie ? Fama, dis vrai, supplia-t-elle.

La vérité, Fama ne la savait pas. Il lui incombait de diriger la tribu des Doumbouya. Etre le chef de la tribu, avant la conquête des Toubabs, quel grand honneur, quelle grande puissance cela représentait ! Toutes les mamans Doumbouya versaient des libations, tuaient des sacrifices pour que de leur giron descendît l'enfant qui serait le chef de la dynastie. Dans ce monde renversé, cet honneur sans moyen, serpent sans tête, revenait à Fama. La puissance d'un chef de tribu d'affamés n'est autre chose que la famine et une gourde de soucis. Fama, tu devrais te préparer à refuser, à leur répondre non.

La camionnette soufflait et grimpait une côte. S'éloignait un tournant tout à fait semblable comme deux traces du même fauve à celui qui s'approchait tout scintillant de mirages. Un mont boisé perçait des nuages cendrés vagabondant dans un firmament rapetissé. Désorienté, on se cherchait dans les paysages qui ne se démêlaient pas. Et puis, assis sur des bancs durs comme des silex, les fesses se meurtrissaient et les mollets et les jambes s'alourdissaient comme lestés par des mortiers et des fourmillements grimpaient jusque dans les genoux.

Tu ne leur échapperas pas ! tu ne pourrais pas refuser l'héritage. Au village les langues sont vraiment accrocheuses, mielleuses. Que faire alors ? devrait-il renoncer au voyage ? retourner dans la capitale ? Non, ce n'est pas possible. Personne n'y songerait. C'est impossible ! Dans ce cas prépare-toi donc à hériter. C'est comme la main : deux choses seulement : la paume ou le dessus. Tu renonces au voyage ou tu pars pour hériter, hériter tout, même les femmes.

Les femmes aussi ! L'enterré laissait quatre veuves, les quatre plus sérieuses pièces de la succession, dont deux vieilles que le défunt avait acquises par legs. Ces dernières sûrement ne se coupleront plus. Quand on a enterré deux maris, on doit se dire que les hommes n'ont plus aucun jus, aucun piment qui vous soit étranger. Mais les deux autres ! Surtout Mariam, Mariam jeune fille, avait été promise à Fama, parce que partout on protestait de le voir se consumer dans une stérilité aride avec Salimata. Cela ne se réalisa pas. D'abord à cause des sarcasmes de Salimata. « Fama, Fama, disait-elle, réfléchis, regarde-toi. Te sens-tu capable d'en chevaucher deux ? Avec moi, c'est aussi difficile que tirer l'eau d'une montagne. Et après chaque nuit les douleurs qui circulent dans les reins et les côtes... » Ensuite parce que c'était à l'époque où les affaires périclitaient, où la politique l'accaparait. Bref, Fama avait refusé Mariam parce qu'il n'avait ni les reins ni l'argent. Au village, on avait juré, protesté, médit de Fama : un légitime, un fils de chef qui courbait la tête sous les ailes d'une femme stérile, un dévoyé ! Et on avait apporté Mariam en mariage au cousin Lacina. Ils avaient eu un ou deux enfants.

2. Marcher à pas comptés
dans la nuit du cœur
et dans l'ombre des yeux

Après un virage finissait la route bitumée. On entrait dans la piste et la poussière, la poussière en écran qui bouchait l'arrière, la poussière accrochée en grappes à tous les arbres, à toutes les herbes de la brousse, aux toits des cases ; les routes en arrachaient, l'échappement en refoulait et la poussière tournoyait épaisse à l'intérieur de la camionnette, remplissait yeux, gorges et nez. L'auto avançait sur la piste pleine de crevasses, s'y précipitait, s'y cassait et ses secousses projetaient les passagers les uns contre les autres, les têtes contre le toit. Serrer les dents devenait obligation ; en parlant dans le remue-ménage on se tranchait la langue. Un voyage de cette espèce cassait l'échine d'un homme de l'âge de Fama. Mais que pouvait-il ? Aller aux funérailles d'un cousin est commandement des coutumes et d'Allah.

La piste montait et tournait. Près de vingt ans de vie commune avaient amené Fama et Salimata à se connaître comme la petite carpe et le crocodile cohabitant dans le même bief. Que Fama marie Mariam après les funérailles et retourne dans la capitale, il était aisé d'imaginer ce que ferait Salimata : hypocrite, le premier jour elle se vêtira d'une fausse gentillesse

avec des sourires à se fendre, s'emmanchera de faux
empressements et de prévenances. « Une femme sans
limite », pourrait-on penser. Non ! Erreur ! Attendez !
Un soir, sans aucune raison, elle arrivera silencieuse,
comme traversée et cassée par des soucis de foudre.
Et ça commencera. Retirée dans un coin, elle bramera
des chants avec des paroles philosophant sur la misère
humaine, sur la misère des épouses qui nourrissent,
vêtent et logent leur mari, sur la misère des épouses
devant l'ingratitude des hommes, sur les devoirs des
maris, sur la stérilité, sur l'obligation de loger chaque
coépouse dans sa chambre, et puis... et puis... bref, des
lancées de mauvaise humeur qui finiront par agacer
et piquer Fama.

« Salimata, que dis-tu ? »

« Je ne parle à personne », répondra-t-elle.

Et ça continuera. Une atmosphère irrespirable. La
querelle, la colère, le ménage mélangé. Des injures
aujourd'hui, des baffes demain : impossible de tenir,
comme sur une bande de magnas. Un jour il faudra
couper. Fama, tu dois penser, considérer, avant d'épou-
ser Mariam. A moins ! à moins ! à moins ! que tu
n'acceptes de demeurer au village...

— Un incendie ! un incendie !

Ce cri fit sursauter Fama. Et c'était bien cela : un
immense feu de brousse comme un orage ; des tourbillons de flammes craquaient, soufflaient, grondaient,
tout ce qui le pouvait détalait. La route grouillait de
sauterelles.

Mais rapidement on traversa l'incendie, les sinistres bouffées de fumée s'éloignèrent. Le spectacle avait réveillé et revigoré Fama, mais le paysage refusait de se renouveler et de plaire.

Petit garçon, lorsque Fama creusait les rats avec des camarades, au déboulé du premier sorti ils criaient : « Le rat ! » et tous les autres qui bondissaient après étaient appelés « un autre ». Fama clignait de l'œil, un autre passait. Un autre village, sosie du premier village traversé. Le petit marigot, les cases rondes, le même toit de chaume, puis le bois sacré, les bœufs mâchant paresseusement et les enfants aux fesses nues, aux ventres de gourdes, toujours apeurés, toujours braillards. Après le village il clignait de l'œil. Une autre brousse écrasée par le soleil, le même horizon harmattan, le même ciel serein, puis un autre virage à droite, son arbre de karité penché avec les branches dénudées, sa bande de singes fuyards et criards toujours surpris, toujours moqueurs. Et enfin un autre parcours droit s'arrêtant au sommet d'une colline avant la descente jusqu'à un autre village. Fama somnolait, on partait mais on n'avançait pas ; il était fatigué, plus épuisé et fini que le fond de culotte d'un garnement. Enfin, de la crête d'une colline de latérite il cligna de l'œil, Bindia apparut dans un halo. Il sursauta. La ville-étape, la halte d'une nuit, la fin de la courbature. Allah en soit loué !

Les cases fumantes entre les manguiers et les flamboyants se rangeaient au pied de deux montagnes rondes et fermées comme les tétons de pucelle de Salimata. Ces montagnes piquaient un ciel bleuâtre et cuivré, et entre elles, à l'horizon, le soleil déjà adouci agonisait dans un barbouillage de flamboyants. Le soir était là. Des petites maisons ceinturées de rouge se dissimulaient et se fondaient au loin avec les manguiers dénudés. Les rues couleur de miel, craquantes de feuilles mortes, se perdaient dans les touffes de sisal. On traversa le quartier administratif. Les voyageurs débarquèrent au quartier malinké où les cases se serraient dans une odeur de fumée et de pissat de vache.

Et à cet instant le soleil tomba derrière une montagne et de l'autre sortirent le brouillard et l'ombre.

La nuit enveloppa la ville.

Fama fut salué par tout Bindia en honoré, révéré comme un président à vie de la République, du parti unique et du gouvernement, pour tout dire, fut salué en malinké mari de Salimata dont la ville natale était Bindia. Devant sa case, les salueurs se succédèrent, puis en son honneur s'alignèrent les plats de tô, de riz et même on mit à l'attache un poulet et un cabri. Après la dernière prière courbée les palabres éclatèrent. Fama, couché et repu, s'était vautré sur la natte, prêt à dégainer pour sabrer, faucher et vilipender la bâtardise des politiciens et des soleils des Indépendances. On arrêta son élan. Le parti unique de la République interdisait aux villageois d'entendre ce que pourraient conter les arrivants de la capitale sur la politique. Dieu en soit loué, le dire est innombrable comme la bâtardise ! Et Fama dégorgea ses souvenirs et s'enquit des récents décédés, mariés, accouchées et cocus. Et le palabre put se déchaîner autour de la lampe à pétrole sur laquelle se fracassaient et se suicidaient les papillons surgis de la nuit ; les moustiques sifflotaient, ronronnaient et disparaissaient dans l'ombre. Dans l'ombre d'une nuit africaine non bâtardisée (Fama le constata avec joie), crépitante

de tous les bruissements de l'harmattan : grillotte-
ments des grillons, hurlements des hyènes et évidemment les protestations des chiens dans un interminable
vacarme d'aboiements et de jappements. Et en dehors
du cercle de lumière une seule étoile scintillait dans
le ciel, il fallait se pencher pour en apercevoir d'autres
entre les toits. Toutes les cases d'en face avaient les
stores descendus. Conséquence d'un soleil et d'un
voyage invraisemblablement longs, l'échine de Fama
commença à se raidir comme une barre de fer et il
bâilla à se faire éclater les commissures. Les palabreurs
comprirent que le sommeil avait conquis ses paupières.
« Nuitez en paix ! Qu'Allah préserve le chemin du
voyage de l'accident stupide et de la mauvaise chance ! »
Et le cercle se disloqua.

Fama fut réveillé en pleine nuit par les picotements
de ses fesses, dos et épaules qui cuisaient comme s'il
avait couché dans un sillon de chiendent. Le lit de
bambou était hérissé de mandibules, était grouillant
de punaises et de poux. Le matin était-il loin encore ?
Fama écouta la nuit.

Les hurlements des hyènes s'étaient tus, mais aux
grognements craintifs des chiens grattant les stores,
queues serrées entre les pattes, on savait que les fauves
guettaient derrière les cases, tout le village devait en
puer. De temps en temps on entendait le froufrou des
oiseaux de nuit s'échappant des feuillages. Après ces
vols d'autres cris retentissaient poussés par des bêtes
dont Fama avait oublié, digéré les noms pendant ses

vingt ans de sottises dans la capitale. La flamme de la lampe à pétrole vacillait. C'était bien ainsi, car il était toujours dangereux de dormir, c'est-à-dire, pour un Malinké, de libérer son âme dans ces villages de brousse, sans une petite lumière qui veille et éloigne d'autres âmes errantes, les mauvais sorts et les mauvais génies. Bâtard de bâtardise ! Fama était agacé par l'insomnie et se reprocha de ne pas profiter de la veille pour penser à son sort. Réfléchis à des choses sérieuses, légitime descendant des Doumbouya ! Le dernier Doumbouya ! Es-tu, oui ou non, le dernier, le dernier descendant de Souleymane Doumbouya ? Ces soleils sur les têtes, ces politiciens, tous ces voleurs et menteurs, tous ces déhontés, ne sont-ils pas le désert bâtard où doit mourir le fleuve Doumbouya ? Et Fama commença de penser à l'histoire de la dynastie pour interpréter les choses, faire l'exégèse des dires afin de trouver sa propre destinée.

A l'heure de la troisième prière, un vendredi, Souleymane, que par déférence on nommait Moriba, arriva à Toukoro suivi d'une colonne de Talibets. Le chef de Toukoro le reconnut, le salua. Depuis des générations on l'attendait. Il leur avait été annoncé. « Un marabout, un grand marabout arrivera du Nord à l'heure de l'ourebi. Retenez-le ! retenez-le ! Offrez-lui terre et case. Le pouvoir, la puissance de toute cette province ira partout où il demeurera, lui ou ses descendants. » Le chef de Toukoro l'avait distingué à sa taille de fromager et à son teint (il serait plus haut, plus clair que tous les hommes du village), à sa monture (il arriverait sur un coursier sans tache). Il avait à le retenir, à le fixer à Toukoro, mais en ce temps-là la fête des moissons occupait huit jours, et pendant ces huit jours femmes et étrangers devaient se cloîtrer, fétiches et masques dansant et criant sur les places et les chemins. Le chef de Toukoro appela son hôte.

— Grand marabout ! Bientôt battront les fêtes des moissons. Que tes femmes et élèves accumulent des provisions en eau et nourriture pour une semaine, pour toi et les tiens.

— Honorable chef ! Permets-nous pour la période de la fête de nous retirer dans notre lougan... répondit Souleymane.

— D'accord, marabout, mais revenez après les fêtes, répondit le chef.

Ils ne retournèrent plus. Le lougan se trouvait entre deux terres, et le chef voisin s'y opposa.

— S'il est annoncé que le pouvoir prospérera où résidera Souleymane, alors qu'il campe entre nos deux terres.

Souleymane et ses Talibets bâtirent un grand campement appelé Togobala (grand campement) et fondèrent la tribu Doumbouya dont Fama restait l'unique légitime descendant. L'histoire de Souleymane est l'histoire de la dynastie Doumbouya.

Il existe une autre version.

Souleymane et son escorte débouchèrent bien sur Toukoro un vendredi à l'heure de l'ourebi. Le chef de Toukoro dormait, ivre de dolo au milieu de ses sujets qui le secouèrent en disant : « Le grand marabout sur le coursier blanc avec une forte escorte traverse le village. »

« Qu'on me laisse dormir ! » se contenta-t-il de murmurer. Quand le chef fut dessoulé, un messager fut aussitôt dépêché. Mais Souleymane ne pouvait plus retourner, il était à mi-chemin entre deux terres, il campa où le messager le rattrapa et planta là de nombreuses paillotes (togobala).

Quelle que soit la vraie version, Togobala s'étendit, prospéra comme une termitière, comme une source de savoir où vinrent se désaltérer ceux qui séchaient du manque de la connaissance et de la religion. La descendance de Souleymane coula prodigieuse, vigoureuse, honorée et admirée, compta de grands savants, de grands saints jusqu'à la conquête du Horodougou par les Malinkés musulmans du Nord. Méprisants pour les Bambaras originaires, les conquérants proposèrent la puissance au descendant de Souleymane Doumbouya. Il s'appelait Bakary. Et Bakary ne devait pas accepter. Les Bambaras avaient comblé ses ancêtres d'honneurs et de terres, et le pouvoir d'une province se prend par les armes, le sang et le feu ; celui qu'on acquiert par l'ingratitude, la ruse, est illégitime et éphémère et ce pouvoir se meurt dans le plus grand malheur. Toute puissance illégitime porte, comme le tonnerre, la foudre qui brûlera sa fin malheureuse.

Bakary s'en alla consulter, prier, adorer Allah et les ancêtres. Une nuit, une voix s'exclama :

— Merci, Bakary ! Merci des offrandes ! Prends la puissance ! Les lois ne se démentiront pas, mais à cause de ta piété on fera des accommodements. Ta descendance coulera, faiblira, séchera jusqu'à disparaître, comme les puissants courants qui se déversent de la montagne grossissent, puis faiblissent et meurent dans la vallée sablonneuse et désertique, loin de la mer et des fleuves.

— Je renonce à la puissance, répondit Bakary refroidi.

— Prends-la. La fin de ta descendance n'arrivera ni

demain, ni après-demain, ni un jour prochain. Il se
fera un jour où le soleil ne se couchera pas, où des
fils d'esclaves, des bâtards lieront toutes les provinces
avec des fils, des bandes et du vent, et commanderont,
où tout sera pleutre, éhonté, où les familles seront...

— Oui ! Oui ! Merci, j'ai compris, s'écria Bakary
inspiré ; ma descendance disparaîtra le jour du jugement dernier.

Et Bakary s'arrogea le pouvoir sur toutes les opu-
lentes provinces, toutes les terres du Horodougou. Le
Horodougou qui fut démembré et appartenait désor-
mais à deux républiques, les Doumbouya en furent les
chefs honorés. Dommage ! Dommage que l'aïeul Bakary
n'ait pas attendu, n'ait pas tout écouté. La voix aurait
continué de décrire le jour de la fin de la dynastie
Doumbouya. Fama avait peur. Comme authentique descendant il ne restait que lui, un homme stérile vivant
d'aumônes dans une ville où le soleil ne se couche pas
(les lampes électriques éclairant toute la nuit dans la
capitale), où les fils d'esclaves et les bâtards comman-
dent, triomphent, en liant les provinces par des fils
(le téléphone !), des bandes (les routes !) et le vent (les
discours et la radio !). Fama eut peur de la nuit, du
voyage, des funérailles, de Togobala, de Salimata, de
Mariam et de lui-même. Peur de sa peur.

Le matin vint et partit trop tôt. Deuxième jour de
voyage. Tout s'accéléra, se précipita. Le brouillard de
l'harmattan se crut un chef de l'ancien temps et s'appropria montagnes, routes et brousse. Mais on n'eut
pas le temps de s'en plaindre. Le soleil se libéra et

s'appliqua à évaporer, à fondre, à éclairer, et tout se dissipa. La camionnette courait vite et après elle, dans le tourbillon de poussière qui l'escortait, les graviers faisaient sonner les feuilles mortes des bas-côtés de la route. Les villages passèrent et disparurent dans la poussière. Leurs noms frappaient dans Fama des tam-tams de regrets. Déjà la camionnette roulait sur les terres de la province de Horodougou. Ce qui se voyait ou ne se voyait pas, s'entendait ou ne s'entendait pas, se sentait ou ne se sentait pas, tout : les terres, les arbres, les eaux, les hommes et les animaux, tout ce qui entourait aurait dû appartenir à Fama comme sa propre épouse. Monde terrible, changeant, incompréhensible ! De son intérieur sortirent des accents, les accents célébrant la puissance de sa dynastie, le courage de ses valeureux aïeux. A un virage il entendit leurs cavalcades montant à l'assaut des pouvoirs bâtards et illégitimes des présidents de la République et du parti unique. Ces aïeux en avaient le cœur, les bras, la virilité et la tyrannie. Maîtresse des terres, des choses et des vivants du Horodougou, la dynastie accoucha de guerriers virils et intelligents. Pas un grain de sable (la camionnette traversait une plaine grillée par les derniers feux de brousse), pas une main de cette plaine qui n'ait été chevauchée. Partout ici ils ont attaqué, tué et vaincu.

Le dernier village de la Côte des Ebènes arriva, et après, le poste des douanes, séparant de la République socialiste de Nikinai. Là, Fama piqua le genre de colère qui bouche la gorge d'un serpent d'injures et de baves, et lui communique le frémissement des feuilles. Un bâtard, un vrai, un déhonté de rejeton de la forêt et d'une maman qui n'a sûrement connu ni la moindre

bande de tissu, ni la dignité du mariage, osa, debout
sur ses deux testicules, sortir de sa bouche que Fama
étranger ne pouvait pas traverser sans carte d'identité !
Avez-vous bien entendu ? Fama étranger sur cette terre
de Horodougou ! Fama le somma de se répéter. Le
petit douanier gros, rond, ventru, tout fagoté, de la
poitrine aux orteils, avec son ceinturon et ses molle-
tières, se répéta calmement et même parla de révolution, d'indépendance, de destitutions de chefs et de
liberté. Fama éclata, injuria, hurla à ébranler tout le
poste des douanes. Heureusement le chef de poste était
Malinké, donc musulman, et à même de distinguer l'or
du cuivre. On calma Fama avec les honneurs et les
excuses convenables.

— C'est le descendant des Doumbouya.
— Je m'en f... des Doumbouya ou des Konaté, répondit le fils de sauvage de douanier.

Fama, suant et essoufflé, fit semblant de n'avoir rien
entendu et embarqua.

Comme un brusque tourbillon d'harmattan, la colère
de Fama s'éloigna. On parcourait les brousses que
Fama avait sillonnées de cavalcades, et son cœur se
réchauffait des matins de son enfance. De partout surgissaient des bruits, des odeurs et des ombres oubliés,
même un soleil familier sortit et remplit la brousse.
Son enfance ! son enfance ! Dans tout il la surprenait,
la suivait là-bas très loin à l'horizon sur le coursier
blanc, il l'écoutait passer et repasser à travers les
arbres, la sentait, la goûtait. Les exploits de ses aïeux
le transportèrent mais brusquement son cœur se mit
à battre et il s'attrista, sa joie était coupée par la
résurrection des peurs de sa dernière nuit, par la pitié
pour la descendance des Doumbouya, la pitié pour sa

propre destinée et de son intérieur bouillonnant montèrent des chants mélancoliques et plusieurs fois il répéta cette mélodie de noce malinké.

On n'apprécie pas les avantages d'un père, d'un père,
Sauf quand on trouve la maison vide du père,
On ne voit pas une mère, une mère
Plus excellente que l'or,
Sauf quand on retrouve la case maternelle vide de la
mère.
Alors l'on marche, marche à pas comptés
Dans la nuit du cœur et dans l'ombre des yeux
Et l'on sort pour verser d'abondantes et brûlantes
larmes.

Et aussitôt après, dans un ciel pur et chantant l'harmattan, s'incrusta le sommet du fromager de Togobala. Togobala, le village natal ! Les mêmes vautours (des bâtards, ceux qui ont surnommé Fama vautour !), sûrement les mêmes vautours de toujours, de son enfance, se détachaient du fromager et indolemment patrouillaient au-dessus des cases. Des bœufs, des cabris, des femmes, canaris sur la tête, et puis vinrent les cases.

Au nom de la grandeur des aïeux, Fama se frotta les yeux pour s'assurer qu'il ne se trompait pas. Du Togobala de son enfance, du Togobala qu'il avait dans le cœur il ne restait même plus la dernière pestilence du dernier pet. En vingt ans le monde ne s'était pourtant pas renversé. Et voilà ce qui existait. De loin en loin une ou deux cases penchées, vieillottes, cuites par le soleil, isolées comme des termitières dans une plaine. Entre les ruines de ce qui avait été des concessions, des ordures et des herbes que les bêtes avaient broutées, le feu brûlées et l'harmattan léchées. De la marmaille échappée des cases convergeait vers la camionnette en criant : « Mobili ! », en titubant sur des jambes de tiges de mil et en balançant de petites gourdes de ventres poussiéreux. Fama songea à des petits varans pleins. Enfin un repère ! Fama reconnut le baobab du marché. Il avait peiné, était décrépit lui aussi ; le tronc cendré et lacéré, il lançait des branches nues, lépreuses vers le ciel sec, un ciel hanté par le soleil d'harmattan et par les vols des vautours à l'affût des charognes et des laissées des habitants se soulageant derrière les cases. La camionnette s'arrêta.

— Bonne arrivée ! Bonne arrivée, Fama !

Des habitants de tous âges accouraient, tous faméliques et séchés comme des silures de deux saisons, la peau rugueuse et poussiéreuse comme le margouillat des murs, les yeux rouges et excrémenteux de conjonctivite.

Avec les pas souples de son totem panthère, des gestes royaux et des saluts majestueux (dommage que le boubou ait été poussiéreux et froissé !), en tête d'une escorte d'habitants et d'une nuée de bambins, Fama atteignit la cour des aïeux Doumbouya. C'est alors qu'a retenti un cri perçant : le signal des pleurs et lamentations pour l'enterré. Hurlant comme des possédées, toutes les femmes se jetèrent à terre et roulèrent dans la poussière. La clameur appela d'autres pleureuses et lamentations et se communiqua à tout le village. Les chiens arrêtèrent de happer les mouches accrochées aux gales de leurs oreilles et de leurs croûtes et accoururent pour aboyer aux pleureuses. Le vacarme monta jusque dans le ciel et les charognards s'échappèrent des feuillages et promenèrent sur les toits des centaines d'ombres. C'en était trop ! Et pourtant la clameur se développa et s'amplifia encore. La cour était toute jonchée de pleureuses, assiégée par une légion de curieux et une meute de cabots, survolée par un nuage de charognards. C'en était trop et irrémédiablement cela provoqua le sirocco qui a surgi sous forme d'un de ces prompts, rapides et violents tourbillons de poussière et de kapok que seuls savent produire les bons harmattans du Horodougou. Le vent renversa, arracha, aveugla et le vacarme s'arrêta, chiens et pleureuses s'enfuirent et se réfugièrent dans et derrière les cases. Les vautours furent dispersés et emportés dans les lointains horizons. Fama lutta comme un patron batelier dans l'orage contre les furies de son boubou enflé et affolé. Quelques instants après, le tourbillon avait passé, les pleureuses se précipitèrent pour reprendre. « Non et non ! Allah dans son livre interdit de pleurer les décédés. » Pas de cris ! Plus de lamentations ! Lacina le cousin avait vécu et était mort en grand musulman. Et puis c'était inutile ! Vraiment inutile ! Sur la tête des aïeux ! C'est à un Fama bouleversé, fatigué, pensif, qu'on présenta la traditionnelle calebassée d'eau fraîche de bienvenue.

— A tous, merci ! Merci ! A tous Allah en sera reconnaissant, gémit-il avant de la porter aux lèvres.

3. Les meutes de margouillats et de vautours trouèrent ses côtes; il survécut grâce au savant Balla

Sans la fausseté malinké, cette première nuit aurait été reposante, tel le calme d'un sous-bois rafraîchi par une source au bout d'une longue marche d'harmattan. Mais la fausseté! Les Malinkés ont la duplicité parce qu'ils ont l'intérieur plus noir que leur peau et les dires plus blancs que leurs dents. Sont-ce des féticheurs? Sont-ce des musulmans? Le musulman écoute le Coran, le féticheur suit le Koma; mais à Togobala, aux yeux de tout le monde, tout le monde se dit et respire musulman, seul chacun craint le fétiche. Ni margouillat ni hirondelle! Les pleureuses calmées, à Fama devait être désignée une case. Le Coran dit qu'un décédé est un appelé par Allah, un fini; et les coutumes malinké disent qu'un chef de famille couche dans la case patriarcale. Il n'y avait ni hésitation ni palabre, la grande case patriarcale vide après le décès du cousin était là, elle avait abrité tous les grands aïeux Doumbouya, Fama devait l'ouvrir et y déballer les bagages. Mais chez les Bambaras, les incroyants, les Cafres, on ne couche jamais dans la case d'un enterré sans le petit sacrifice qui éloigne esprits et mânes. Le féticheur et sorcier Balla, l'incroyant du village (nous viderons dans la suite le sac de ce vieux fauve, vieux clabaud, vieille hyène) rappela à Fama les pratiques d'infidèles. En dépit de sa profonde foi au Coran, en Allah et en Mahomet, Fama toute la nuit dans une petite case se recroquevilla entre de vieux canaris et un cabot galeux. Une très mauvaise nuit ! Il le fallait. Rien en soi n'est bon, rien en soi n'est mauvais. C'est la parole qui transfigure un fait en bien ou le tourne en mal. Et le malheur qui doit suivre la transgression d'une coutume intervient toujours, intervient sûrement, si par la parole le fautif avait été prévenu de l'existence de la coutume, surtout quand il s'agit de la coutume d'un village de brousse.

A Togobala tout le monde a hâte de revoir le matin comme si le noir de la nuit n'était que cachot et menaces et le blanc du jour liberté et paix. Réveillé avant le premier cri du coq Fama put donc se laver, se parer, prier, dire longuement son chapelet, curer vigoureusement ses dents et s'installer en légitime descendant de la dynastie Doumbouya devant la case patriarcale comme s'il y avait dormi. Le griot Diamourou se plaça à droite, le chien se serra sous la chaise princière et d'autres familiers se répandirent sur des nattes en demi-cercle à ses pieds et on attendit les vagues de salueurs.

Les aurores d'harmattan sont toujours longues à cause du froid et du brouillard persistants et calmes aussi, l'animation du village se limitant à quelques garçons, chiens entre les pieds, partant creuser les trous de rats, deux ou trois ménagères montant du marigot ou en descendant avec des gourdes sur la tête. Rien d'autre que le brouillard. Diamourou le griot frétillait. Il avait beaucoup à raconter. Fama ne l'écoutait pas, les pensées du prince étaient ailleurs.

Les choses blanchissaient avec le matin, tout se redécouvrait. Fama regardait la concession et ne se rassasiait pas de la contempler, de l'estimer. Comme héritage, rien de pulpeux, rien de lourd, rien de gras. Même une poule épatée pouvait faire le tour du tout. Huit cases debout, debout seulement, avec des murs fendillés du toit au sol, le chaume noir et vieux de cinq ans. Beaucoup à pétrir et à couvrir avant le gros de l'hivernage. L'étable d'en face vide ; la grande case commune, où étaient mis à l'attache les chevaux, ne se souvenait même plus de l'odeur du pissat. Entre les deux, la petite case des cabrins qui contenait pour tout et tout : trois bouquetins, deux chèvres et un chevreau faméliques et puants destinés à être égorgés aux fétiches de Balla. En fait d'humains, peu de bras travailleurs. Quatre hommes dont deux vieillards, neuf femmes dont sept vieillottes refusant de mourir. Deux cultivateurs ! Jamais deux laboureurs n'ont eu assez de reins pour remplir quatorze mangeurs, hivernage et harmattan ! Et les impôts, les cotisations du parti unique et toutes les autres contributions monétaires et bâtardes de l'indépendance, d'où les tirer ? En vérité Fama ne tenait pas sur du réel, du solide, du définitif...

— Diamourou, dis-moi, mon fidèle griot, comment s'en sortent-ils, les chefs de concession d'ici ?
— Maître ! Ah ! maître ! Le vieux griot rassembla d'abord son boubou. Mais, maître ! Je voulais vous le montrer, le démêler. Vous n'avez pas prêté l'oreille. Les salueurs tarderont-ils encore ? Tant mieux ! J'aurai

le temps de tout dire, tout expliquer. Seuls, seuls survivent aux colonisation, indépendance, parti unique, socialisme, investissement humain, les vieux et les chefs de famille qui ont des secrets. Moi, maître, moi Diamourou, descendant des griots honorés de la famille Doumbouya, moi Diamourou par exemple, connaissez-vous le mien ?

« Tomassini, c'était le nom du premier commandant du cercle. Un qui en matière de négresses (il avait ses raisons) ne mordait que dans les vierges crues et dures comme les mangues vertes des premiers vents de l'hivernage. Matali ! Ah ! ma chère fille Matali ! qu'Allah t'accorde grandeur et prospérité sans limite. Quand Matali a bondi dans le cercle de danse, sol, tam-tam et chant, tout a frémi au rythme de ses seins et reins, et ses fesses ondulantes et chantantes de cent ceintures de perles résonnaient. Comme un bubale elle a sauté et atterri aux pieds du commandant Tomassini qui sifflota d'admiration. « Jolie ! » C'était fini, le sort était tracé. Le soir même Matali fut conduite au campement du Toubab commandant. Les choses se gâtèrent au moment d'arracher le cache-sexe. Que voulez-vous, on éduquait alors dans les principes sacrés. Elle se refusa, lutta, bouscula gardes et portes, s'enfuit et disparut dans la brousse. Elle était plus vigoureuse qu'une génisse de deux ans, et d'une beauté ! d'une beauté ! Le commandant n'en avait pas vu de comparable dans tout le Horodougou. Le teint ! Ce noir, le noir brillant des rémiges de l'oiseau des marigots, les dents blanches et alignées comme pas faites pour manger, un nez droit et fin comme un fil tendu, des seins d'ignames, durs et luisants et une voix de merle de fonios. De retour chez lui le Toubab restait tout pénétré. Il ordonna. On

111

amena Matali sous forte escorte. Il l'engrossa deux fois coup sur coup : deux garçons.

« Pendant que ces petits mulâtres poussaient et passaient d'école en école, capitale après capitale, Dakar, Gorée, etc., leur maman, ma fille Matali, prospérait, tenait cour, construisait concession et boutiques, bref, s'enrichissait tout en se faisant courtiser par les Toubabs célibataires du poste. Car elle restait toujours belle. Même, à la fin, se souvenant des paroles du Coran et de son père, elle maria l'interprète peul pourtant époux de douze femmes, qui accepta d'en faire sa préférée.

« Ce que je peux jurer — le griot poussa un peu sa chaise — ce que je peux jurer, répéta-t-il, jamais, jamais un jour, un seul jour, Matali n'a oublié ses parents. La colonisation a passé sur mon dos comme une brise : le griot père de la femme du commandant était toujours excepté. Famine ou abondance, hivernage ou harmattan, des envois, des commissions de Matali n'ont pas tari, même avec ces époques dures des Indépendances et du parti unique. Savez-vous ce que sont mes deux mulâtres de petits-enfants ? L'un est gouverneur de province, secrétaire général et député-maire, l'autre médecin, ambassadeur et directeur de quelque chose dont je ne retiens jamais le nom. Eux aussi envoient au grand-papa et à leur maman. Louange à Allah ! Louange et prospérité à Matali ! C'est grâce à eux que je suis vivant. »

En effet, le vieux griot avait été soigneusement conservé et séché. Tout serein et blanc, brillant comme rarement on en rencontre dans le Horodougou, maigre, mais de la bonne maigreur de l'âge, le crâne ras, quelques rides sur la nuque, sous les pommettes et sur le front, des yeux brillants au milieu de cils, sourcils et favoris blancs comme le duvet du héron du bœuf. Des mots rapides, une intelligence bouillonnante. En vérité, la sérénité qu'Allah réserve à quelques vieux parmi les meilleurs croyants, les élus. Un griot, un homme de caste, alors que le cousin de Fama...

— Parlons, maître, de ton cousin ; mais vraiment il en a vu avec les Indépendances ; parlons-en...

C'était trop tard ; le brouillard s'était enfui derrière le village et de partout débouchaient les groupes de salueurs.

— Houmba ! Houmba !

— Qu'Allah vous remercie !

— Ce sont les Cisse. Leur concession est sur le chemin du marigot. Une Cisse a été mariée à Doumbouya.

Et le griot présentait.

— Houmba ! Houmba !

— Que tombent sur vous les grandes bénédictions d'Allah !

— Les Keita. Rappelez-vous, Fama, que vous avez une cousine mariée à un Keita.

Les Kouyaté, les Konaté, les Diabaté, tous avaient un lien de parenté. Les aïeux de toutes ces familles avaient été introduits sous tel ou tel Doumbouya. Le griot Diamourou était intarissable et savant.

Et Fama trônait, se rengorgeait, se bombait. Regardait-il les salueurs ? A peine ! Ses paupières tombaient en vrai totem de panthère et les houmba ! jaillissaient. Au petit de ce matin d'harmattan, au seuil du palais des Doumbouya, un moment, pendant un moment, un monde légitime plana. Les salueurs tournaient. Fama tenait le pouvoir comme si la mendicité, le mariage avec une stérile, la bâtardise des Indépendances, toute

113

sa vie passée et les soucis présents n'avaient jamais existé. Le griot débitait comme des oiseaux de figuiers. Les salueurs venaient et partaient.

Soudain une puanteur comme l'approche de l'anus d'une civette : Balla le vieil affranchi était là. Gros et gras, emballé dans une cotte de chasseur avec des débordements comme une reine termite. Et aveugle : on guida ses pas hésitants de chiot de deux jours et le fit asseoir à la droite de Fama. Des mouches en essaims piquaient dans ses cheveux tressés et chargés de gris-gris, dans les creux des yeux, dans le nez et les oreilles. Doucement le vieillard souleva l'éventail en queue d'éléphant et d'un bras énergique les cueillit en grappes. Les mouches jonchèrent le sol.

Lui Balla n'était pas un salueur, un étranger, mais un de la famille Doumbouya, un affranchi qui était resté attaché à ses maîtres, à la libération. On lui reprocha le retard. Il n'entendait rien. On cria plus fort. Il happa les mots, les rumina, tira les pommettes (c'était le sourire) et parla d'abord lentement et calmement, puis de plus en plus vite, de plus en plus haut, jusqu'à s'étouffer. Le retard... Euh ! le retard, c'est que Balla avait œuvré, consulté et adoré les fétiches, et puis tué, tué les sacrifices pour Fama, afin de rendre la maison patriarcale habitable, afin d'éloigner de son séjour les mauvais sorts, les mauvais sorciers. Et après il s'était soigné jambes, pieds, cou, tête, épaules, tout badigeonné de kaolin et de salives incantatoires.

— Partout me poussent des douleurs ; heureusement que je suis un vieux fauve, vieux clabaud, vieille hyène ! Euh ! Euh ! Euh !...

Les derniers salueurs étaient repartis. Tout le monde regardait, tout le monde se moquait du vieil affranchi grotesque, mais craint, sauf le griot Diamourou, que tout cela agaçait et qui disait parfois ce qu'il en pensait. Un Cafre de la carapace de Balla dans un village d'Allah comme Togobala ! Un féticheur, un lanceur de mauvais sorts, un ennemi public d'Allah, alors ! Alors !

— On chuchote que Balla brûlera les fétiches, se convertira et se courbera, insinua un causeur.

— Menteries ! Menteries ! ronronna le vieil affranchi. Menteries. Aiu ! Aiu ! Je suis le plus vieux de la province. N'est-ce pas parce que je ne fréquente pas Allah, qu'Allah m'a oublié ? Euh ! Euh ! Euh ! Euh !

Les éclats de rire fusèrent, même Fama se dérida. Diamourou fumait de colère.

Pourtant Balla et Diamourou devaient se dire, se supporter. Ils étaient des égaux. Les seuls du Horo-dougou (du monde, proclamaient-ils) à avoir passé les guerres samoriennes, le commandement des Toubabs et les Indépendances. Tous les deux, vieux et fidèles serviteurs des Doumbouya, le griot et l'affranchi : seuls témoins des grands jours des grands Doumbouya et de la décrépitude de la dynastie, de sa diminution, de sa sécheresse jusqu'à ne tenir qu'à un homme quelque peu stérile. Ils avaient tous les deux dans le cœur, grosse comme un poing, l'inquiétude, la crainte de la mort, de la fin de la dynastie Doumbouya. Diamourou avait résisté aux famines, aux guerres, au régime (louange au tout-puissant !) grâce à Matali. Qu'Allah lui en soit cent fois reconnaissant ! Balla l'incroyant, le Cafre, se pensait immortel comme un baobab et jurait d'enterrer les Indépendances. Un pouvoir maléfique est toujours éphémère comme un défi au fétiche. Il avait toujours rejeté la pâte de la conversion et il avait bien fait. Fétichiste parmi les Malinkés musulmans, il devint le plus riche, le plus craint, le mieux nourri. Vous les connaissez bien : les Malinkés ont beaucoup de méchancetés et Allah se fatigue d'assouvir leur malveillance ; beaucoup de malheurs, et Allah s'excède de les guérir, de les soulager. Alors, au refus d'Allah, à son insuccès devant un sort indomptable, le Malinké court au fétiche, court à Balla. Le fétiche frappe, même parfois tue. Et le malveillant client de Balla paie et sacrifie aux fétiches ; la victime aussi, ou ses héritiers, pour arrêter la destruction d'un sort maléfique accroché à la famille. Tous les deux. En deçà ou au-delà du marigot il y avait de l'herbe à brouter pour Balla. Pour les malheurs éloignés ou non ; pour les maladies guéries ou non ; l'on paie toujours ; toujours l'on sacrifie le poulet, le bouc. Bref, par n'importe quel chemin cela sortait. ou entrait, tout rapportait, tout bénéficiait à Balla. C'était son secret. Voilà pourquoi le vieux fauve gros et gras avait survécu et résisté.

— Menterie ! Menterie ! contesta Balla. Un grand chasseur, connaisseur des animaux, des choses, des médicaments et des paroles incantatoires, adorateur des fétiches et des génies, ne crève pas comme un poussin. La colonisation, les maladies, les famines, même les Indépendances, ne tombent que ceux qui ont leur ni (l'âme), leur dja (le double) vidés et affaiblis par les ruptures d'interdit et de totem.

Le gros du souci du vieillard ne descendait pas de sa mort proche, mais de la décrépitude, de la sécheresse de la dynastie des Doumbouya : d'accord en cela avec Diamourou. Les Indépendances avaient supprimé la chefferie, détrôné le cousin de Fama, constitué au village un comité avec un président. Un sacrilège, une honte ! Togobala était la chose des Doumbouya. Au

soir de leur vie les deux vieillards œuvraient à la réha-
bilitation de la chefferie, au retour d'un monde légitime. Malheureusement, Togobala, les Doumbouya et
même le Horodougou ne valaient pas en Afrique un
grain dans un sac de fonios. Qu'importe, ils y croyaient,
ils s'y employaient. Déjà Diamourou avait creusé ses
cachettes, sorti ses fortunes, distribué des colas à tous
les salueurs au nom de Fama. Balla avait mis à l'attache des cabris et bœufs derrière le village pour les
funérailles. Les Doumbouya ne finiront pas, ce sont
les Indépendances, les partis uniques et les présidents
qui brûleront. Le cousin avait laissé deux femmes aussi
fécondes que des souris ; Fama pouvait faire de nombreux Doumbouya mâles (Balla en avait le médica-
ment !). Fama devait seulement se garder de mêler la
bouche aux bouches de ceux du comité, ses pieds aux
leurs. Ils étaient des damnés, des ennemis. A la limite
Balla dégainera son fétiche pour frapper de mort ceux
qui barreraient le chemin ; Diamourou allait plaider la
cause chez le gouverneur.

Donc, pour reconquérir son pouvoir, Fama possédait
un sorcier, un griot, de l'argent, des appuis politiques ;
bref, les derniers enthousiasmes de deux vieillards sur
leurs derniers pas. C'était beaucoup, mais pas tout. Il
manquait que le prince lui-même n'y croyait pas, et
qui aurait pu affirmer que dans son for intérieur il le
voulait, ou même le souhaitait ?

Le soleil déclinait, s'adoucissait. Et arrivait l'heure
de la troisième prière ; troisième prière de ce jour que
Fama devait courber sur la tombe. La visite à la dernière demeure du défunt — qui le conteste ? — est une
cérémonie aussi importante que les funérailles.

Maussade ! C'est un Fama maussade : yeux aigres,

cils rocailleux, lèvres tirées, qui prit la piste du cimetière. Depuis la sortie du jour les deux vieillards s'étaient complu à le flatter et à l'agacer. Il n'y avait pas une des incroyables, une des innombrables bâtardises des Indépendances et du parti unique, qu'ils n'avaient pas présentée, les injures, injustices, ruptures d'interdits et défis au Doumbouya. Et ce ne fut pas tout, car juste au moment de partir, il fallut se dépêtrer d'un nouveau palabre. Balla voulait être de la compagnie. Un aveugle, que pouvait-il y voir ? Rien. Un vieillard aux jambes gonflées de douleurs, quand pouvait-on arriver avec lui ? Peut-être au soleil couchant. Un Cafre dont le front ne frôle jamais le sol, qu'allait-il y faire ? Rien de rien. On crut à une plaisanterie. Mais non, et non ! Balla insistait. Il rappelait le devoir de saluer le défunt à sa demeure. Comme le palabre se ravivait, Fama, coléreux, d'un mouvement de la main droite éteignit net. Balla ne sera pas de l'escorte.

Le cimetière commençait juste après les dernières cases et le dépotoir, au flanc de la petite côte latérite, à l'est du village. Silencieux ils passèrent, Fama et un marabout en tête, entre deux cours, traversèrent une concession, sortirent du village au pied du grand manguier aux branches fournies et tombantes ; le même itinéraire que le cortège funèbre du père de Fama, sauf que cela avait été conduit au plein de l'hivernage, par un soleil dévirilisé et réfléchi par les nuages et la verdure en crue de la saison. Alors que maintenant donnait et exultait l'harmattan. Les feux de brousse de l'harmattan et le souffle de l'harmattan avaient tout dénudé. Dénudé même le petit bosquet du milieu du cimetière. Pauvre petit bosquet démystifié ! Un qui avait pour Fama enfant le profond et l'immensité d'une forêt hantée de diables, de revenants et de mânes ! Ils enjambèrent les fosses vidées de leurs morts par les hyènes, et même parfois assemblèrent les boubous, déchaussèrent les babouches pour les passer. Et l'on arriva. La tombe du cousin était une butte rouge de latérite récemment retournée. A chaque extrémité était posée une lampe-tempête. Mais pourquoi ces branches et cette lampe ? Les hyènes du Horodougou fouilleuses de tombes sont très voraces, trop avides de cadavres. Il faut les éloigner, les dix premières nuits. Par chance elles sont aussi peureuses que la tête d'une tortue, une lampe allumée et le craquement des feuilles agitées par le vent de la nuit les épouvantent et les font fuir et éjaculer des laissées chaudes.

— Merci ! A tous, merci ! Que tombent et la bénédiction et la reconnaissance d'Allah sur tous les prometteurs de tant de soins, de protection et d'humanité !

La voix de Fama était plutôt cassée par l'émotion. Il assembla son boubou blanc et s'accroupit comme tout le cortège, et au groupe de tête, au deuxième rang après le marabout, à un seul pas à l'ouest de la tombe, la prière commença.

Le marabout grogna un soufflant « bissimilai », mais bafouilla le titre du sourate à réciter dix-sept fois, grasseya le nom du verset à dire sept fois. Et un vent, un soleil et un univers graves et mystérieux descendirent et enveloppèrent. Le vent léger soufflait le brûlis de la savane avec des sautes d'une puanteur insupportable et faisait craqueter les feuilles des branches-épouvantails. Le soleil caressait les nuques et ses

119

rayons sans raison prolongeaient les murmures en faisant pétiller les tombes et les feuilles jonchant le cimetière. C'était le susurrement des mânes et des doubles des enterrés sortant de l'autre monde pour s'asseoir et boire les prières. Une assemblée nombreuse et invisible entourait, pressait et étouffait les prieurs. Elle était grosse de tous les valeureux et honorés aïeux Doumbouya. Cent fois piteux Fama devait leur paraître ! Leur unique descendant mâle tondu, séché et déshabillé par la colonisation et les Indépendances. Là, et pas ailleurs que dans ce cimetière même, devait finir, disparaître la dynastie Doumbouya. Mais serait-ce avec Fama ? Fama se pensa mort, sans saisissement, imagina son double, son dja sortir de son corps, s'asseoir au milieu des mânes, sans effarement, son dja le juger, le plaindre. Le Fama accroupi en boubou blanc était un homme de grande responsabilité, ayant d'importants devoirs : il avait à prolonger la dynastie, à faire prospérer Togobala et tout le Horodougou. Les fatalités, le destin, le sort, les bénédictions, les volontés et les jugements derniers d'Allah descendaient, se superposaient, se contredisaient. Tout le destin apparaissait comme un parcours préexistant et la petite herbe emportée par la crue du grand fleuve était Fama. Les preuves ? Les innombrables cas où il avait échappé, défié et vaincu cette mort qui, quand le destin le voudra, le finira. Tout porte à la fois la mort et la vie. La pluie tombe la foudre et l'eau nourricière, la terre sort la moisson et retient les restes dans la mort, le soleil diffuse la clarté et la sécheresse ; les années déroulent l'âge et les famines, les enfants et les Indépendances.

Fama constata qu'il s'était fourvoyé dans le décompte des sourates et versets. Il s'arrêta de psalmodier. Un vent plus fort souffla plus drue la puanteur. Fama se demanda ce qui pouvait tant empester le lieu et sans trop chercher pour trouver une réponse il se relança dans les réflexions.

Pourtant un destin dur comme fer, lourd comme une montagne, se dévie à coups de sacrifices, avec le concours des morts. Aïeux ! grands Doumbouya ! je tuerai des sacrifices pour vous, mais tous, dans la volonté d'Allah, extirpez l'illégalité, la stérilité, tuez l'indépendance et le parti unique, les épidémies et les nuages de sauterelles ! A ce moment, le marabout lança un soufflant « alphatia ». Tous les prieurs joignirent les mains, accueillirent les bénédictions et les portèrent sur leurs fronts. Des vœux, beaucoup de vœux pour rendre l'au-delà favorable à l'enterré. La prière était terminée.

— Où sont les tombes de mon père et de ma maman ? demanda Fama.

Le griot le guida jusqu'à la tombe du papa et là ils s'arrêtèrent. L'incendie de la brousse avait préservé les herbes poussées dans le creux. Le griot et Fama prièrent et après ils allaient se courber pour nettoyer, quand un margouillat a surgi et a glissé entre les pieds pour disparaître dans un trou au flanc de la tombe. Stupéfait, Fama se releva.

— La mort, sublime défi ! murmura le griot.

Ils nettoyèrent la tombe effondrée, avec ses fentes dans lesquelles les rats et les margouillats s'étaient creusé des refuges. La tombe de la maman se tenait du côté du bosquet central. A quelques pas un subit abasourdissement fit bondir leurs cœurs. Des vautours s'envolaient ou détalaient. Horreur ! Dans une pestilence à vous brûler la gorge, dans un tourbillon de mouches, gisait un chien mort, yeux et nez arrachés.

Ils prièrent au pied de la tombe malgré la puanteur qui donnait comme s'ils étaient enfermés dans les boyaux. Les vautours rasssurés par leur silence se dandinèrent vers la bête. La prière fut brève ! Et tous ensemble ils descendirent du cimetière, tout remués jusqu'aux moelles. Sauf le vieux griot : il parlait, parce qu'il avait à profiter de l'absence de Balla, pour placer près de son maître les appels à l'Islam, les conseils contre les pratiques cafres du féticheur et les menteries des gens du comité et du parti unique. Fama n'entendait rien.

En face, derrière le fromager, le soleil mourant s'empêtrait dans un marais de pourpre. Et des feuillages se détachaient des dizaines de vols de charognards réveillés et appelés par le fumet du chien mort. Le village vivait le soir, tout préparait la nuit : le dernier tintamarre de gazouillis lancés par les tisserins des tamariniers, les cris des enfants et les aboiements des cabots après les cabrins pour les faire entrer avant la sortie des fauves, le retour des champs des chasseurs, des creuseurs de trous de rats et des chercheuses de bois mort, et cette exhalaison des derniers restes des journées d'harmattan qui vous pénètrent jusque dans le bout du cœur et vous jettent dans les tam-tams des souvenirs de l'enfance, des grands jours, des sautes de l'histoire et des incertitudes de l'avenir. Brusquement l'appel à la quatrième prière a retenti. Un soleil avait fini.

La nuit fut couchée dans le lit du défunt sans aucun danger ; les mânes avaient été calmés par les sacrifices. Quand les bubulements des hiboux, les tutubements des chouettes, et les hurlements des hyènes chargèrent la nuit déjà peuplée d'esprits, Fama s'inquiéta et sa pensée se mit à vagabonder. Elle s'égara dans les tombes vidées, pourchassa les margouillats et les charognards, se heurta aux chiens morts, détala devant les doubles et à bout de souffle réussit à se dissoudre dans le sommeil et la nuit. Il dormit très profondément.

Un peu avant le premier chant du coq, il sursauta et se leva, remué par la vision d'un affreux cauchemar. Des chiens, yeux, oreilles et nez arrachés, poursuivaient des meutes de margouillats et de vautours qui trouaient ses côtes et ses reins pour s'y réfugier. La frayeur calmée il récita scrupuleusement les sourates qui éloignent les esprits dans la nuit.

Le matin il se confia à Balla. Celui-ci était au fait du cauchemar. Le double, le dja de Fama avait quitté le corps pendant le sommeil et avait été pourchassé par les sorciers mangeurs de doubles.

— Fama, crois-moi ! tes ennemis ne dorment pas ! J'ai suivi et écouté dans la nuit les vols des sorciers fonçant sur ta case. Je les ai dispersés et chassés à l'aide des incantations.

Donc Fama pouvait vivre sans inquiétude, tant que Balla son affranchi respirait. Seulement, Fama devait tuer des sacrifices aux mânes des aïeux. Les prières coraniques et même le paradis sont insuffisants pour contenir les morts malinké, surtout les restes des grands Doumbouya. Leurs djas, leurs doubles sont fougueux, indomptables. Des sacrifices, beaucoup de sang ; les sacrifices sont toujours et partout bénéfiques.

4. Les soleils sonnant l'harmattan
et Fama, avec des nuits hérissées
de punaises et de Mariam,
furent tous pris au piège;
mais la bâtardise ne gagna pas

Déjà cinq soleils de tombés, de parcourus. Il en
restait dix-huit à voir se lever avant qu'arrive la date
des funérailles du quarantième jour du cousin Lacina.

Les journées d'harmattan comme les œufs de la
même pintade pointaient et tombaient les unes sem-
blables aux autres. Les mêmes matins avec le même
brouillard kapok et la même senteur de charbon ardent
arrosé de pissat, les mêmes soirs avec les vents de
poussière qui tombaient et se calmaient, mais avec la
terre qui soupirait. D'abord le matin.

Le jour commençait au premier chant de coq. La
lune se noyait dans le ciel bas (on était au dernier
quartier). Le muezzin lançait l'appel pour la première
prière puis parcourait les ruelles en chantant des
versets, s'arrêtant parfois. « Toi ! c'est à toi que je
m'adresse ! » gueulait-il derrière la case dans le matin
cotonneux. « Arrête de l'étreindre, de la tourner, de
dire d'autres mensonges à la femme. Lève-toi et prie,
songe, et compare ! Le Tout-Puissant, le dernier appel,
le dernier jugement, l'enfer, la douleur terrifiante des
flammes de l'enfer est infinie ! Et l'appel de Dieu ne

s'annonce pas ! La prière est le viatique de l'éternel voyage. Lève-toi et salue ton Seigneur ! »

Ce muezzin avec une malignité évidente criait chaque matin derrière la case de Fama, alors que c'était inutile. Fama ne couchait avec aucune femme et avant l'appel il était prêt, déjà douché et habillé. A la mosquée il priait gros et égrenait trop longtemps le chapelet, du moins de l'avis de Balla. Il y rencontrait son griot Diamourou et ensemble dans le petit matin ils parcouraient les concessions une après une pour saluer et demander aux habitants si la nuit avait été paisible. Puis ils s'installaient au seuil de la case patriarcale des Doumbouya et, le cure-dents dans la bouche, recevaient les honneurs des salueurs du matin.

Et le matin d'harmattan comme toute mère commençait d'accoucher très péniblement l'énorme soleil d'harmattan. Vraiment péniblement, et cela à cause des fétiches de Balla. Le féticheur jurait que le soleil ne brillait pas sur le village tant que ses fétiches restaient exposés. Comme le matin il se réveillait tard, il les sortait tous pour leur tuer le coq rouge. Donc pendant un lourd moment le soleil gêné s'empêtrait et s'embrouillait dans un fatras de brouillard, de fumée et de nuages. Les fétiches de Balla rengainés, entrés et enfermés, le soleil réussissait à se libérer, alors qu'il était au sommet du manguier du cimetière. D'un coup il éclatait. Et après le soleil éclatant et libéré, comme les poussins après la mère poule suivaient tous les enfants de l'harmattan : les tourbillons, les lointains feux de brousse, le ciel profond et bleu, le vol des charognards, la soif, évidemment la chaleur ; tous, tous les enfants de l'harmattan.

Cela s'ouvrait par les tourbillons de vent, de poussière et de feuilles mortes, débouchant du cimetière, animés et gonflés par les génies et les mânes des morts. Véritables malédictions ! Les tourbillons s'engouffraient dans le village, arrachaient les chaumes, roulaient les calebasses, emportaient les pagnes puis s'éloignaient en faisant rugir la brousse. Le ciel s'élevait bleu, haut, si haut que le profond des charognards ne le frôlait plus. Tout enchantait Fama, car dans son cœur remontaient les joies des bons harmattans de son enfance.

« En vérité, un très bon harmattan », murmurait-il. « Non », protestait Balla qui avait fini par se joindre aux palabreurs. « Non ! c'est un harmattan malingre, famélique, un avorton d'harmattan. Les grands harmattans, les vrais harmattans ont été définitivement enterrés avec les grandes chasses. Euh ! Euh !... Rappelez-vous, maître, votre enfance. Je chassais encore... » Et les palabres s'alimentaient des histoires de chasse de Balla. Diamourou les connaissait toutes et surtout les racontait mieux que le vieux féticheur lui-même.

Comment Balla devint-il le plus grand chasseur de tout le Horodougou ?

A l'heure de l'ourebi, loin dans l'inexploré de la brousse, au creux d'une montagne où naissait une source fraîche, il rencontra, ou mieux, un génie se révéla à Balla. C'était un génie chasseur. Tous les Malinkés ont entendu parler des génies chasseurs, ces génies vivant de sang chaud et surtout avides de sang humain, ces génies qui conduisent les animaux sauvages comme les bergers mènent les troupeaux. Le génie rencontré était nu, aussi grand que Balla, le crâne ras, sauf au milieu du crâne une grosse tresse de cheveux longue et tombante comme une queue de varan et évidemmment balançant à la main gauche le fusil des génies chasseurs, fusil pas plus long qu'un bras, au canon d'or : le genre de fusil que le chasseur solitaire entend tonner dans le lointain de la brousse, au gros de l'harmattan.

« Je t'ai appelé ici pour te proposer un accord », énonça le génie chasseur. Balla, sans empressement, sans la petite peur (n'avait-il pas lui-même tué des sacrifices pour amener et favoriser cette rencontre !) répondit calmement : « Lequel ? »

Le génie expliqua. Balla d'ailleurs connaissait toutes les dispositions ; les génies chasseurs proposent toujours le même accord. A chaque sortie du chasseur le génie marchera devant lui, le conduira au large de la brousse ; là le génie rassemblera les animaux sauvages comme un berger et Balla fusillera ce qu'il voudra. Mais un jour, un jour lointain, au lieu de guider, il abattra Balla et se gorgera de son sang chaud.

« Mais quel jour ? » demanda Balla. Le génie chasseur ne répondit pas. Les génies chasseurs ne le précisent jamais.

L'accord entendu et conclu, pendant des années et des années le génie chasseur et Balla avaient battu la brousse, inséparables comme l'index et le médius. Chaque harmattan, Balla avait accumulé exploits sur exploits comme un cultivateur aligne des buttes. Balla aimait les raconter et d'un bout à l'autre d'un large soleil sans se répéter il assommait (évidemment avec les retouches et les explications du griot) les palabreurs de ses histoires de chasse. Un exemple : l'exploit triomphant lors des funérailles du père de Fama. Empressons-nous de le conter.

Donc le tam-tam tourbillonnait. Vint le tour de danse

des chasseurs. Il y avait tous les chasseurs du Horodougou, des chasseurs de toute carapace, de toute
corne, même des chasseurs ayant à leur actif sept
tigres. Les fusillades ébranlaient les murs et le sol, la
fumée donnait comme un incendie. On promettait
tout : le tigre, le lion, l'éléphant, mais à terme... C'est-à-
dire à l'harmattan prochain, à l'hivernage prochain.
Balla sauta dans le cercle de danse, croisa un entrechat,
alluma la poudre entassée dans le canon. Cette poudre
était haute de quatre doigts joints. Et le boum ! Balla
demanda à toutes les femmes du village d'installer les
canaris de sauce sur les foyers et disparut dans la
brousse. Quelque temps après, le tam-tam battait encore et les canaris n'avaient pas encore bouillonné :
il revint avec la queue d'un buffle noir. On alla chercher
la bête. Dans les fourrés ! les fourrés dans lesquels les
villageois laissent, les fourrés battus par les cabrins,
Balla avait abattu un buffle noir, un de ces buffles
solitaires, impétueux, qui ne vagabondent généralement
que dans le profond de la brousse, avec les cornes
chargées de nids et accompagnées d'une nuée d'hirondelles. Les plus grands chasseurs de la fête avalèrent
leurs fusils et trophées.

A propos de buffles, le combat de Balla contre un
buffle-génie fut épique. Dans les lointaines plaines du
fleuve Bafing, Balla déchargea entre les cornes d'un
buffle les quatre doigts de poudre. Quel fut l'ébahisse-
ment du chasseur lorsqu'il vit la bête foncer sur lui
comme si le coup n'avait été que le pet d'une grand-
maman. L'homme savant et expérimenté qu'était Balla
comprit tout de suite qu'il avait affaire à un buffle-
génie, et il sortit le profond de son savoir. Combat
singulier entre l'homme savant et l'animal-génie !

L'homme prononça une incantation grâce au pouvoir de laquelle il balança son arme qui se maintint à hauteur d'arbre entre ciel et terre ; une autre incantation, et Balla fut transporté et assis sur son fusil aussi confortablement que dans un hamac et trop haut pour être inquiété par le buffle. Mais le buffle était aussi savant que l'homme et l'animal se métamorphosa en aigle et piqua ses serres en crochets sur Balla qui ne dut son salut qu'à une nouvelle incantation, grâce à laquelle il se transforma en aiguille, le chasseur n'échappant toujours pas aux poursuites du buffle qui se fit fil, et le fil rampa promptement pour pénétrer dans le chas et soulever l'aiguille. Rapidement, d'aiguille Balla se métamorphosa en brindille pour se soustraire au fil rampant, et la brindille disparut entre les herbes. Le buffle pourchassa toujours et se fit flamme et la flamme se mit à consumer la brousse, la fumée de l'incendie s'éleva, le crépitement de la flamme se mit à assourdir et le remue-ménage gagna toute la brousse. Profitant de ce remue-ménage, Balla, grâce à une dernière incantation, surprit la bête par un avatar de maître. Notre chasseur se fit rivière et la rivière noya la flamme, éteignit le dja de l'animal, le vital de l'animal, qui perdit magie et conscience, redevint buffle, souffla rageusement, culbuta et mourut. Une fois encore, Balla était le plus savant et il sortit aussitôt du marigot qui sécha, dégaina son couteau et trancha la queue de la bête. Il examina le buffle : l'animal portait dans le mufle deux anneaux d'or. C'était donc sûrement le buffle préféré d'un prince des génies de la forêt et les anneaux d'or servaient à le mettre à l'attache.

Puis les années se succédèrent, se cumulèrent, années de bonheur, de malheur, de famine, d'épidémies, de sécheresse : les chasses comme le Djoliba ne tarirent point. A chaque sortie, le cœur de Balla pilonnait, son ventre bouillait, elle pouvait être la dernière sortie. Balla chercha le sort de son génie chasseur. Un génie est comme un homme et il existe pour tout individu un objet avec lequel on éteint la vie dans le corps, comme l'eau refroidit la braise ; cet objet met fin à notre destin : c'est notre kala. Pendant trois ans Balla consulta marabout, fétiches et sorciers, tua sacrifices sur sacrifices pour trouver le kala de son génie chasseur. Un lundi le génie vint le prendre à la sortie du village. Ils marchèrent dans le soir calme jusqu'à un marigot que le génie passa avant son compagnon. De l'autre rive Balla alluma dans son dos les quatre doigts de poudre. Le diable hurla et tomba. Le sang et le hurlement jaillirent en flammes et allumèrent la brousse. Balla retourna sur ses pas, accrocha pour toujours fusil et équipement au mur. Pour lui la chasse était finie ; la traîtrise lui interdisait de mettre le pied dans la brousse jusqu'à sa mort. Savez-vous ce qu'était le kala de ce génie chasseur ? Le grain de crottin du chevrotain aquatique ! Balla sur les quatre doigts de poudre entassée avait placé trois crottins de chevrotain aquatique. Cela fut fatal au génie chasseur.

Les histoires de chasse permettaient de parcourir facilement les journées. Rapidement le soleil montait au-dessus des têtes et le repas s'asseyait autour des calebasses communes. Et avant que les mains aient séché, le soleil arrivait au point de la deuxième prière. Ensemble tous les palabreurs s'alignaient, sauf Balla.

Le féticheur patientait en s'occupant de ses poux qu'il écrasait en broyant des dents les coutures de ses habits, à ses mouches qu'il massacrait en plein éventail, pendant que tous les autres se gratifiaient en priant d'inestimables bénédictions divines.

Puis les histoires de chasse reprenaient. Le soleil descendait au point de la troisième prière et l'on secouait et étendait à nouveau les peaux de mouton. Avec la quatrième prière le soleil tombait. Crépuscule d'harmattan !

Très souvent les nuits de Fama s'allongeaient. La case patriarcale, la case royale du Horodougou était une des plus anciennes, donc entretenait les plus vieux, gros et roux rats, poux de cases et cafards. Ils grouillaient et s'agrippaient aux membres ; le sommeil et Fama se séparaient. Dans la tête et le cœur de l'éveillé soufflaient les soucis, des poussées de tourbillons.

D'abord les soucis d'argent. Togobala, faut-il le redire, était plus pauvre que le cache-sexe de l'orphelin, asséché comme la rivière Touko en plein harmattan, assoiffé, affamé. Le peu d'argent de Fama s'était dissipé plus rapidement que la rosée. Il y eut les sacrifices et les repas à payer. Et chaque jour le cercle autour des calebasses de tô s'était élargi des camarades de classe d'âge qui avaient choisi l'heure de l'assise des repas pour venir saluer. Puis il y eut les griots (sauf Diamourou), les frères de plaisanterie qui réclamaient, et tous les autres qui gémissaient et tendaient les mains ; et Fama se devait de donner, il devait être généreux ; et il l'était à tel point qu'il allait offrir jusqu'à son cache-sexe quand les deux vieux serviteurs de la dynastie, le vieux griot et le vieil affranchi le relayèrent.

Ils étaient presque obligés. La pauvreté ne se guérit

pas, ne se dissimule pas, à Togobala. Et Fama mains et poches vides est un Fama hargneux, rageur. Il fronçait les sourcils quand avançait un demandeur, écumait quand il devait donner. Toute la journée il devenait intraitable comme un âne nouvellement circoncis. Pour arrêter cette mauvaise humeur et les palabres gâtés par les bouffées de colère, les deux vieillards spontanément payèrent. Et Fama toléra ce paiement.

En plein jour, en plein Togobala, lui le dernier Doumbouya, devint parasite de ses serviteurs ! C'était piteux, incroyable, honteux ! Mais seul, quand Fama tournait ses longues nuits blanches, c'était lâchement apaisant. Il n'avait plus aucun souci d'argent.

Même sans souci d'argent les nuits restaient longues, gluantes, hérissées de piqûres et de morsures parce que Fama les parcourait seul, seul, sans femme. C'est dire que parfois il se tordait, se serrait les cuisses, même gémissait et s'embarrassait l'esprit et le cœur de choses de femmes — ou disons-le d'une bouche franche — des choses de Mariam.

Le pagne, les mouchoirs, les joies, les propos de Mariam surgissaient à tout moment dans toutes les pensées et rêves de la nuit. Il l'attendait. Mariam ! La jeune veuve avait dès la première vue piqué Fama des tourments et des contorsions qui ne l'avaient ébranlé qu'une fois, une seule fois, lorsque jeune garçon entrant dans la puberté, il avait surpris complètement nue une jeune femme de son père. Il se ressentit complètement transformé, ranimé de la virilité d'un mulet.

Tout commença le soir même que Fama arriva à Togobala. Il alla saluer, se courba, se pencha à la porte de la case où les veuves asseyaient le deuil (pendant

quarante jours elles restaient cloîtrées). Mariam car-
dait au fond près de la porte opposée, de sorte que le
soleil finissant l'éclairait complètement, dans l'attirail
de deuil qui — on ne devait pas le dire — lui seyait
à merveille, comme de l'antimoine sous les yeux du
singe hocheur.

« Merci les femmes ! Courage ! A vous les peines !
A vous les soucis ! » s'étaient écrié Fama et le griot
Diamourou qui l'accompagnait. Et aussitôt elles
s'étaient ruées toutes dans les pleurs et lamentations,
les trois veuves et les vieilles assistantes. Fama sans
se rassasier avait regardé Mariam, regardé, elle lui
avait semblé s'être parée du deuil comme une courtisée
se pare d'un collier d'or un jour de danse. On pouvait
jurer sur Allah, elle jouait la pleureuse, s'amusait à
la lamentée. Rien ne descendait, rien ne dépassait le
bout des cils, le bout des lèvres. Les cheveux non tressés comme le veut la coutume, en broussailles comme
chez une folle, apportaient beaucoup de malignité à
ses yeux brillants de lièvre. Le visage luisait, la poitrine
aussi, et les seins serrés dans le pagne indigo rebon-
dissaient, ramassés et durs comme chez une petite
jeune fille. Les cuisses et les fesses se répandaient
infinies et ondulantes sous le pagne. Quel saisissement
au toucher !

« Réprimez, réprimez les pleurs ! Tout décès est
l'œuvre d'Allah ! s'était écrié le griot. Les pleurs ne
font pas lever les morts. »

Les gémissements baissèrent.

« Diamourou, dis-le bien à ton maître, supplia Mariam d'un ton affecté. Dis-lui qu'il est notre seul soutien
sur cette terre, il est à la fois nos père et mère. »

Fama avait fixé la jeune femme en train de dire,

mais aussitôt avait baissé la figure, de peur de scandaliser ; elle décochait un sourire amoureux !

« Tranquillisez-vous toutes ! Fama est un solide soutien », avait renchéri le griot.

Au retour de la mosquée, chaque matin Diamourou et Fama s'arrêtaient et saluaient à la porte des veuves. Mariam les attendait. Disons-le, parce qu'Allah aime le vrai ! Elle était belle, ensorcelante, exactement la femme née pour couver le reste des jours d'un homme vieillissant comme Fama. Assise côte à côte avec Salimata, celle-ci ne vaudrait pas une demi-noix de cola. D'ailleurs Fama ne pensait plus que de rares fois à sa femme de la capitale et ne lui avait même pas envoyé la moindre lettre de salutation depuis son arrivée à Togobala. Et puis Mariam était la chose de Fama, partie intégrante et intéressante de l'héritage.

« Même avec son scandaleux et mauvais caractère, maître, ne laisse pas sauter de ton filet un frétillant poisson comme Mariam », conseilla le griot à Fama, et Diamourou poursuivit : « Les très gros défauts de la jeune femme ont tourmenté les dernières années du décédé. Elle ment comme une aveugle, comme une édentée, elle vole comme une toto. » Malicieusement, le griot baissa le ton, regarda autour : « Elle a pour chaque garçon un accent, un sourire et ne sait pas répondre non aux avances. Et les jeunes gens du village, les jeunes gens de l'indépendance, éhontés, sont irrespectueux, tous, même pour les choses sacrées comme les jeunes femmes des vieux. »

« Non ! il n'y a pas de malheur, il n'y a pas de défaut sans remède. Euh ! Euh ! murmura le féticheur Balla. Rien ne doit détourner un homme sur la piste de la femme féconde, une femme qui absorbe, conserve et fructifie, rien ! Et Mariam était une femme ayant un bon ventre, un ventre capable de porter douze maternités. Balla l'avait vu, avant sa cécité, à la démarche de la jeune femme. Quant à l'infidélité, euh ! euh ! les femmes propres devenaient rares dans le Horodougou comme les béliers à testicule unique. Balla le jurait. Faites enjamber un cheval mourant par une femme n'ayant couché qu'avec son mari, si elle n'est pas rapide la bête la soulève en se levant. L'autre jour Balla avait à soigner une jument couchée, il l'a fait enjamber par trois mariées, mères de plusieurs enfants, la bête s'est agenouillée à demi et a crevé dans la nuit. N'empêche que l'adultère doit être réprimé. Balla contraindra les jeunes gens à ne pas tripoter Mariam. Un efficace fétiche sera adoré et attaché. L'homme qui la grimpera au mieux ne pourra ni dévulver ni se dégager et restera pris au piège jusqu'à ce que Balla vienne dire le contre du fétiche ; autrement après l'amour son sexe se réduira jusqu'à disparaître dans le bas-ventre. Et ce sera fini pour lui. Pour qu'on t'appelle grand coureur il faut en avoir un qui se lève devant. Euh ! Euh ! Euh !... »

Donc, acquise. Mariam sera sa chose. Toutes les nuits Fama pensait, s'imaginait la tournant, la caressant, l'écartant après la retraite du deuil. Toutes les nuits, sauf — faut-il le mentionner ? — les deux nuits précédant le grand palabre : un lundi et un mardi.

Un lundi matin Diamourou l'avait tiré en dehors du cercle des causeurs, s'était penché pour lui cracher dans l'oreille le secret. Le président du village et du comité (il s'appelait Babou) et tous les autres membres allaient interroger Fama, et pas pour rire ou honorer ! Il y aurait du parti unique, du sous-préfet, de la contre-révolution dans la sauce ; et Diamourou en oubliait. Ce serait mercredi après la troisième prière que le palabre serait convoqué. Tout devint officiel, lorsque le griot du comité vint l'annoncer, à l'heure de l'assise des calebasses de tô, et se lava les mains pour fermer le cercle des mangeurs.

Du sous-préfet, de la contre-révolution, de la réaction, mais c'était grandement grave ! Pendant deux nuits Fama tourna et retourna diverses questions, écrasa poux, punaises et puces. C'était grave et aussi embarrassant qu'un boubou au col trop large. Avec les Indépendances, le parti unique, le comité et tous les autres, on avait vanné les Malinkés à leur coller des vertiges. Ils en avaient plein la gorge et le nez. Mais nul ne le disait et on ne savait pas comment en sortir. Sur ces grouillement et résignation, Fama débarqua. Fama présenté comme le dernier Doumbouya, un courageux, un diseur de vérité que les Toubabs avaient spolié de la chefferie. Il venait du Sud, rentrait définitivement au village pour être le président du comité. Ainsi en décidèrent Diamourou et Balla. C'était normal, tout le Horodougou n'était-il pas sa propriété ? Fama pouvait en outre dire à tous les présidents et secrétaires généraux que les habitants de Togobala étaient usés jusqu'à la dernière fibre. Diamourou et Balla avaient enfumé le village d'autres plus insolentes paroles. Leur maître s'entraînait à tordre le cou aux Indépendances, au parti unique et à tous les comités. « Il y avait de la contre-révolution, de l'authentique

réaction à Togobala ! » estimèrent le comité et son
président, et ils le crièrent. Le sous-préfet, le secrétaire
général, le gouverneur, le parti unique exultèrent
(depuis des mois il n'y avait plus de réactionnaire à
dépister), et dégainèrent, prêts à décapiter dans le nid
l'horrible contre-révolutionnaire. Et même les brigades
de vigilance se reconstituèrent, se réorganisèrent pour
épier Fama. C'était une vraie inconfortable et très dan-
gereuse situation.

Mais on était Malinké, et le Malinké ne reste jamais
sur une seule rive. On s'étouffait à lancer les invectives
les plus outrageantes contre la réaction, mais on s'empressait de rechausser les babouches pour arriver juste
à l'heure du repas chez Fama, on s'asseyait autour de
la calebasse commune et entre deux gorgées bien
appuyées et pimentées on regrettait les paroles dites
devant les autres, on maudissait le parti unique et les
Indépendances. D'ailleurs à Togobala personne ne tient
rigueur à un autre pour ce qu'il a narré devant les
autorités. La colonisation, les commandants, les réquisitions, les épidémies, les sécheresses, les Indépendances, le parti unique et la révolution sont exactement
des enfants de la même couche, des étrangers au
Horodougou, des sortes de malédictions inventées par
le diable. Et pourquoi, pour ces diableries se diviser,
se combattre, casser et user la fraternité et l'humanisme ? D'autres avaient porté la cravache de la colonisation pour frapper. Après les Toubabs, ils se sont
trouvés face à face avec leurs victimes. On ne voulait
plus recommencer.

Mais alors, pourquoi ? pourquoi chacun préparait-il
une confrontation brutale, une sorte de combat de
taureaux ? Pourquoi jetait-on sa pleine brassée de bois

mort sur le feu ? Un mystère malinké, ou l'ennui du
long chômage saisonnier de l'harmattan ? On assem-
blait les boubous, on déchaussait les babouches pour
s'asseoir dans le palabre de Fama. Diamourou et Balla
déchaînés juraient et vilipendaient « les bâtards du
comité ». Fama allait leur hurler leur vérité, quand
même le parti unique croquerait et avalerait. « Le président du comité : un fils d'esclave. Où a-t-on vu un fils
d'esclave commander ? » Vite on retournait dans le
palabre du comité pour rapporter et écouter le président exposer : « Fama ! Il ne pesait pas plus lourd
qu'un duvet d'anus de poule. Un vaurien, un margouillat, un vautour, un vidé, un stérile. Un réactionnaire, un contre-révolutionnaire. » Au nom d'Allah !
Tout Togobala (sauf Balla) tout le long (excepté les
heures de prière) de la longue journée de mardi faisait
la navette entre les deux palabres. C'est pourquoi, les
deux nuits de lundi et de mardi, Fama ne ferma pas
les yeux.

Mercredi le soleil arriva au point de la troisième
prière. On la courba ensemble. La moitié des villageois
s'étaient joints au palabre de Fama. Enfin ils arrivèrent : ceux du comité, le griot en tête, Babou et les onze
autres membres du comité avec le délégué du sous-
préfet, suivis par l'autre moitié des villageois. Les gens
du comité avaient fait le déplacement parce que Fama
asseyait un deuil et à Togobala, depuis que le monde
existe, les choses importantes et sérieuses se palabrent
dans la cour des Doumbouya. Les assis se levèrent,
serrèrent les mains des arrivants et en bon musulman
chacun s'enquit des nouvelles de la famille de l'autre.
Cela dura le temps de faire passer par un lépreux un
fil dans le chas d'une aiguille. Et les gens se répandirent

sur les nattes étendues autour des cases. Fama, le président Babou et le délégué du sous-préfet eurent droit
à des chaises longues. Les deux griots, Diamourou et
le griot du comité, se tinrent debout au milieu de
l'assemblée.

Les griots d'abord. Ils préfacèrent le palabre, parlèrent de fraternité, d'humanisme, d'Allah, de la recherche serrée de tous les petits grains de la vérité et pour
rassurer la population en chômage saisonnier craignant
d'être frustrée d'un spectacle de qualité, les griots
annoncèrent que le palabre serait long, deux ou trois
nuits s'il le fallait, pour creuser et tirer la vérité pure
et blanche comme une pépite d'or.

Les griots passèrent le palabre à Babou. L'assemblée
se mit à bruire. Dès l'ouverture de la bouche tout le
conciliateur, le rusé fils d'esclave se révéla. Le président
du comité avançait dans le dire comme on marche
dans un marais, en tâtant, en promenant des regards
interrogatifs, recueillant quelques approbations avant
de lâcher un autre mot. Dans sa bouche, Fama devint
un grand militant (l'intéressé même fut interloqué par
l'affirmation). Le parti était la lutte contre la colonisation et Fama avait défié les Toubabs à Togobala
même (ne l'avait-on pas spolié de la chefferie ?) et dans
le Sud ensuite. Et un flot de flatteries coula.

Tous les yeux suivaient Babou. Visage clair, mais
sec et tiré, un nez long de bec de calao, des yeux perdus
sous des cils de chimpanzé, des oreilles décollées
comme des feuilles de sisal — ses adversaires l'appelaient « grandes oreilles » — la chéchia rouge, défraî-
chie, avec une bordure graisseuse et noire de sueur, le
boubou de cotonnade grossière, rapiécé en cent parties,
entre deux proverbes (tout le dire en était truffé)

Babou plongeait ses doigts intrépides dans ses haillons pour maîtriser des poux trop irrévérencieux.

Oui, d'accord, Fama était sans pareil, sans limite. Oui ! L'humanisme et la fraternité sont avant tout dans la vie des hommes. Mais après ? Babou retournait ces deux thèmes et d'autres lieux communs toujours accueillis avec respect par des Malinkés musulmans : la miséricorde divine, le jugement dernier, la vérité qui est la canne dans le palabre. Mais tout cela s'amenait après des regards flamboyants, des intonations variées et des proverbes, s'accompagnait d'autres regards, de mouvements de la tête et des mains et d'autres proverbes, l'assistance exultait et buvait. Elle n'en demandait pas plus : le palabre pour le palabre ! Babou, le fils d'esclave, avait conquis les villageois par la parole.

On passa le palabre à Fama. Il ne se fatigua même pas à prononcer trois mots ! Un Doumbaya — convenez-en — ne pouvait pas sans se rapetisser, parler longue-ment au pied d'un comité de fils d'esclaves. Et Diamou-rou son griot était là ; le griot dans la parole était dans le propre de sa caste, comme un Doumbouya dans la guerre, un poisson dans l'eau ou un oiseau dans le ciel. Il accumula les dires sans respirer, sans que jamais un ressemblât à l'autre.

La quatrième prière arriva trop tôt, mais on la courba très scrupuleusement, puis la nuit suivit. On se quitta pour se retrouver aussitôt après la cinquième prière. Chacun vint avec sa couverture, car les nuits de l'harmattan sont froides et ventées. Les grands feux de bois illuminèrent et autour le palabre s'organisa jus-qu'au premier chant du coq. On se retrouva dans l'après-midi de jeudi et tout le soir les voix tonnèrent devant un public amusé et attentif. Fama sommeillait.

Enfin la vérité éclata.

Le délégué étranger, ignorant des coutumes malinké, se répétait, se redressait et rebondissait, inconciliant, toujours indomptable, comme le sexe d'un âne enragé. Fama devait — c'était les consignes et il ne voulait pas en entendre d'autres — s'agenouiller aux pieds du président du comité, frotter à terre les lèvres et se dédire, jurer sur le Coran ouvert la fidélité au parti, au comité et à la révolution, jurer sur le Coran ouvert que jamais, tant dans l'ombre que dans le jour, jamais il n'entretiendrait dans son cœur la haine, la médisance contre le comité et le parti. Disons vrai : cela était aussi infaisable que manger les crottes d'un chien.

— Vos propositions, cria Diamourou, ne ressemblent pas à notre accord.

Le délégué ouvrit la bouche de celui qui se surprend sur la queue d'une vipère. Il ne sut pas qu'au gros du remue-ménage, quand tout déborda des bras des villageois, les anciens eurent peur. A laisser se continuer, il n'y aurait plus eu d'humanisme, de fraternité ; plus d'équilibre des forces invisibles qui sauvent le village, mais la haine entre les familles, la colère des génies, la malédiction des mânes. Et qui préservera des souffles des mauvaises sécheresses, des sauterelles, des épidémies et des famines ? Il fallait s'arranger, détourner les malheurs de la division. Les anciens convoquèrent Babou et Fama, au milieu de la nuit le mardi soir, la veille du palabre au cimetière devant les mânes des aïeux. Malheur à celui qui laissera transpirer un bout ! Le conseil secret des anciens palabra, évoqua les choses anciennes : Fama resterait le chef coutumier, Babou le président officiel. Et les choses futures aussi : les soleils des Indépendances et du parti unique passeront comme les soleils de Samory et des Toubabs, alors que les Babou, les Doumbouya resteront toujours à Togobala. Et on se réconcilia. « Laissons le grand palabre se développer et se poursuivre, les villageois l'aimaient et le délégué devait être joué ! » s'étaient-ils dit. Mais deux jours et deux nuits de palabre suffisaient. Les mots de Diamourou valaient un rappel, un signal.

Aussitôt après ces mots tous les habitants, exténués, défaits par le long palabre, les partisans du comité et ceux mêmes du comité, les partisans de Fama, et Fama, Diamourou et Balla, tous s'agenouillèrent, tous supplièrent. Le délégué se leva ébahi. Après un silence il accepta que Fama entrât au comité.

Louange au Tout-Puissant ! Louange aux mânes des aïeux ! Tant que le mur ne se fend pas, les cancrelats ne s'y mettent pas. Cancrelats des Indépendances, des partis uniques, de la révolution, vous ne pénétrerez pas, vous ne diviserez pas, vous ne gâterez pas Togobala ! Jamais ! Grâce aux sacrifices tués par nos aïeux.

Le contentement du petit oiseau sur la branche au réveil du soleil pénétra dans Fama. Cette nuit-là il sombra dans le sommeil d'un homme qui s'est cassé le cou en tombant. Sans ronfler. Puces, poux, punaises et cancrelats se levèrent et s'acharnèrent sur tout son corps, même sur les oreilles. En vain. Il ne bougea pas jusqu'au premier chant du coq. La bâtardise n'avait pas gagné Togobala. Merci ! Merci à tous !

5. Après les funérailles exaucées éclata le maléfique voyage

Pourquoi les Malinkés fêtent-ils les funérailles du quarantième jour d'un enterré ? Parce que quarante jours exactement après la sépulture les morts reçoivent l'arrivant mais ne lui cèdent une place et des bras hospitaliers que s'ils sont tous ivres de sang. Donc rien ne peut être plus bénéfique pour le partant que de tuer, de beaucoup tuer à l'occasion du quarantième jour. Avant les soleils des Indépendances et les soleils des colonisations, le quarantième jour d'un grand Malinké faisait déferler des marigots de sang. Mais maintenant avec le parti unique, l'indépendance, le manque, les famines et les épidémies, aux funérailles des plus grands enterrés on tue au mieux un bouc. Et quelle sorte de bouc ? Très souvent un bouc famélique gouttant moins de sang qu'une carpe. Et quelle qualité de sang ? Du sang aussi pauvre que les menstrues d'une vieille fille sèche. C'était pour ces raisons que Balla aimait affirmer que tous les morts des soleils des Indépendances vivaient au serré dans l'au-delà pour avoir été tous mal accueillis par leurs devanciers.

Fama, Balla, Diamourou avaient décidé de préparer pour le cousin décédé un au-delà large, et pour cela ils remontèrent aux grandes traditions et mirent à l'attache au milieu de la cour des Doumbouya, le matin des funérailles du quarantième jour, quatre bœufs ; nous disons bien quatre bœufs ! Comment les bœufs avaient-ils été acquis ?

Un taurillon avait été octroyé par Balla, le vieux sorcier, pour honorer les Doumbouya et parce qu'un sacrifice n'est jamais perdu. Une vache avait été présentée par un beau-fils de l'enterré ; le beau-fils le devait car il n'avait pas acheté sa femme au comptant lors du mariage. Enfin deux bœufs soustraits à ceux que le cousin possédait. Les bœufs faisant partie de la succession avaient été dissimulés ; d'autres voulaient se les approprier au détriment de Fama. Ils ne le réussirent pas, parce qu'à Togobala la cachotterie la plus enfouie sous la profonde terre laisse toujours échapper une faible exhalaison ; de chuchotements en chuchotements Fama a su une semaine avant le quarantième jour que l'enterré avait confié des bœufs (cinq) à une femme d'un village éloigné du Sud du Horodougou. « Grandeur d'Allah ! » s'écria-t-il, et il commanda qu'on en amenât deux. Récapitulons : donc, exactement quatre à tuer. Un carnage, une ripaille aussi viandée bouleversa toute la province : elle ne tolérait pas d'absence. Et tous les habitants du Horodougou qui le devaient (et qui ne le devait pas ? après tout les Doumbouya étaient les chefs) et qui le pouvaient (et qui ne le pouvait pas en cette saison morte ?) se levèrent et marchèrent sur Togobala pour les funérailles du quarantième jour de l'enterré Lacina, le défunt cousin de Fama.

De tous les horizons du village surgirent des étrangers, les Malinkés des villages environnants. Rien ne manquait aux marches : tam-tams, chasseurs, anciens, griots, femmes, filles et jeunes garçons. La brousse bruissait comme écrasée par de compacts troupeaux d'éléphants. Et cela pendant un soleil entier, du lever au coucher, et même dans la nuit on dénombra quelques entrées et puis toute la matinée du lendemain jusqu'à midi.

La mise en place commença après la deuxième prière. Mais avant cette mise en place d'autres étaient déjà recroquevillés sur des nattes à l'ombre des cases. Petit à petit des assis se répandirent dans la cour attenante jusqu'au cimetière. Puis arrivèrent les femmes chargées de calebasses d'aliments cuits et de pots de sauce qu'elles alignèrent et rassemblèrent autour des quatre bœufs à l'attache. Aux ménagères du village avaient été distribués grains et condiments. Dès le premier matin elles avaient pilé, attisé les feux des foyers, posé, descendu et reposé des canaris. C'était une réussite ; les plats couvrirent la moitié de la petite cour et tous les arômes : tô, foutou, fonio, piment, oignon provoquaient les rhumes des grandes mangeailles.

Les marabouts — des prestigieux ! — il y avait même deux El Hadji — s'accroupirent au centre, à un pas des plats et se mirent à feuilleter des papiers jaunis. Fama trôna à droite du plus grand de tous les marabouts (le plus haut avec le plus grand turban). Diamourou se tint derrière son maître ; mais Balla avait été relégué loin, juste avant la marmaille et les chiens, parce que le féticheur était un Cafre. Tout attendait pour ouvrir de grandes funérailles dignes d'un Doumbouya ; quatre bœufs au centre tout brillants, tout meuglants, d'innombrables calebasses et pots d'aliments cuits, et autour, des hommes assis jusque dans les cours environnantes et à la périphérie la marmaille et la meute des chiens pelés.

Le grand marabout fit commander le silence par le griot, puis lança un gros « bissimilai » et chantonna les versets. Et les rares privilégiés qui connaissaient le Coran dans les textes lurent à haute voix ; le gros des assis se serrèrent et tendirent les oreilles. Mais toutes les mains furent jointes et portées à hauteur des fronts luisant au soleil finissant ; tous communièrent dans une seule prière pour obtenir la clémence d'Allah et des mânes des aïeux. Quelle solennité ! quelle dignité ! quelle religiosité ! C'était si extraordinaire pour des Malinkés que leurs génies s'indignèrent et un maléfique tourbillon déboucha du cimetière, se mélangea dans les boubous et les feuillets des manuscrits (cela pouvait passer !), mais s'élança aussi sur les calebasses et les pots, fit voler quelques couvercles et renversa quelques sauces. Des huées échappèrent aux prieurs outrés et beaucoup, dont des marabouts turbannés, se levèrent pour redresser les choses. Et le tourbillon passa. Mais ses éloignement et perdition dans la brousse lointaine ne changèrent rien. La piété aussi était partie ; on lisait, priait d'un œil, l'autre caressait les bœufs et les calebasses pleines de riz cuit.

A la satisfaction de tous, le grand marabout coupa la prière et passa le palabre aux griots. Tous les griots furent abondants et intarissables, même les plus minables, car chacun connaissait la généalogie et les exploits des Doumbouya dans le Horodougou. Vint le moment des présents ; chaque grande famille en offrit. Merci ! Merci à tous !

Puis ce fut un cri et un signe du marabout ; tous les solides gaillards du Horodougou se levèrent, ils se dégagèrent et se débarrassèrent des boubous. Torses nus ils s'attaquèrent aux bœufs. Et avant qu'on l'ait dit, ils les maîtrisèrent, les lièrent, les firent tomber et les égorgèrent. De grands couteaux flamboyants fouillèrent, dépecèrent et tranchèrent. Tout cela dans le sang. Mais le sang, vous ne le savez pas parce que vous n'êtes pas Malinké, le sang est prodigieux, criard et enivrant. De loin, de très loin, les oiseaux le voient flamboyer, les morts l'entendent, et il enivre les fauves. Le sang qui coule est une vie, un double qui s'échappe et son soupir inaudible pour nous remplit l'univers et réveille les morts.

Quatre bœufs versent trop de sang ! L'enchaînement ne pouvait être endigué. Les chiens s'enragèrent et chargèrent. Demeurés jusqu'ici pieux et attentifs derrière la marmaille, ils avaient été les premiers atteints. Prompts au combat, tous les Malinkés assis se précipitèrent, s'organisèrent et à coups de bâton se défendirent avec succès contre les crocs de la meute. Avec succès, malgré l'intrépidité des chiens, parce que les hommes étaient de beaucoup plus nombreux. Défaits, refoulés, vaincus, la discorde et la querelle ravagèrent les cabots, ils s'entre-déchirèrent les oreiles et s'entre-arrachèrent les yeux dans des aboiements d'enfer.

La deuxième victoire des hommes fut remportée sur les charognards. Réveillés et affolés par le sang, les charognards tapissèrent tout le ciel et assombrirent le jour. Dans des cris sauvages, aigles et éperviers se détachaient par escadrilles, becs et serres en avant, et par des piqués audacieux jetèrent l'effroi et la panique dans la cérémonie. Les Malinkés contre-attaquèrent et vainquirent. Les oiseaux défaits se répandirent, s'éloignèrent et disparurent dans le profond cuivré du ciel.

Il fallait en finir, parce que les gens étaient épuisés et le déchaînement des animaux et des choses devenait impétueux.

Dans la fièvre et le brouhaha, les calebasses et les cuvettes de nourriture furent rapidement redistribuées et enlevées. Mais quand vint le partage de la viande rouge, on procéda avec soin, avec justice, avec recherche, et surtout, selon les coutumes qui ont fixé pour tel village ou telle famille, telle partie ou tel morceau, et tout fut déblayé en peu de temps, les quatre bœufs ramassés, enlevés. Puis les hommes rompirent le cercle, se dispersèrent, s'éloignèrent. Après eux il ne resta que les viscères et les entrailles abandonnés à la marmaille.

Et sans qu'on les appelât les enfants se ruèrent vers leur part et comme des cordiers nains, ils tirèrent et promenèrent les intestins, s'enroulèrent dans les intestins, s'arrachèrent les boyaux. Et très rapidement, c'est-à-dire le temps de pousser des cris, de claquer les dents, la marmaille se dispersa et disparut comme s'envolent quand tombe la pierre des moineaux picorant sur l'aire du vannage.

Les chiens furent admis après les enfants. Il ne restait plus rien, quelques pâtes d'excréments résultant du vidage des entrailles, beaucoup de mouches et du sang collé au sable. Les cabots arrêtèrent la guerre civile, happèrent les ordures, engloutirent toute la poussière sans négliger de temps en temps d'expédier quelques coups de crocs dans le plumage de la volaille qui avait resquillé en se glissant entre les pattes.

Résultat : les charognards furent dédaignés ; tout avait été léché, nettoyé, picoré sans eux. Aussi les charognards rappelèrent-ils aux hommes, en poussant des cris sinistres au soleil couchant, que leur oubli était un sacrilège. Cette menace troubla la fête. On s'en alla consulter Balla. Le féticheur prévint tous les mauvais sorts lancés par les charognards mécontents en adorant les fétiches.

Et les hommes rassurés cessèrent de se tourmenter et se livrèrent tout entiers aux réjouissances. Aussitôt après la dernière prière les tam-tams battirent dans la cour des Doumbouya. Ils battirent toute la nuit.

A cause du frémissement des seins, de la pulsation des fesses et de la blancheur des dents des jeunes filles, contournons les danses : yagba, balafon, n'goumé. Mais asseyons-nous et restons autour du n'goni des chasseurs. Bâtardise ! Vraiment les soleils des Indépendances sont impropres aux grandes choses ; ils n'ont pas seulement dévirilisé mais aussi démystifié l'Afrique. Il n'y eut aucune diablerie ébahissante, mais de toutes petites, comme celles que Fama avait vues quatre-vingts fois parfaitement exécutées par un prestidigitateur toubab dans la capitale.

Un chasseur s'enfonça une aiguille dans l'œil gauche et la retira de l'anus. Un autre alluma quatre doigts de poudre bien tassée avec quatre plombs, dans une oreille droite et recueillit à l'oreille gauche une calebasse d'eau contenant les plombs. Un troisième chasseur (mais cela, nous nous rappelons que Balla savait le faire) balança le fusil, qui se tint entre ciel et terre.

Mais aucun n'appela de la profonde brousse la féroce panthère ou le buffle solitaire jusque dans le cercle de danse, pour l'abattre. Aucune goutte de sang ! Une danse, un n'goni de chasseurs sans sang, disons-le, c'était décevant. Décevants aussi les boum-boum des fusils de traite. Ils ne troublèrent personne, même pas les bêtes. Attirés et affolés par le fumet du sang qui continuait d'embaumer le village dans la nuit, les fauves venus des montagnes hurlaient derrière les cases et les taureaux mugissaient sinistrement dans les étables. On les entendait, du centre de la danse même, quand les batteurs s'arrêtaient pour tendre et chauffer les peaux des tam-tams.

Ce furent des funérailles pleinement réussies. Mais pourquoi ? Diamourou et Balla, les jours suivants, pendant des palabres et des palabres, ont décompté les innombrables signes de funérailles exaucées. Un idiot, un enfant haut comme ça les aurait relevés. Un signe incontestable était ce rassemblement de Malinkés, plus nombreux que ce que force le parti unique à danser à l'arrivée de son président. D'ailleurs, comme toujours en pareille occasion, tous les présents n'étaient pas des hommes. Des génies, des mânes, des aïeux, et même des animaux avaient profité de ce rassemblement et s'étaient ajoutés à la foule. Balla, qui avait été à l'occasion un objet périphérique et avait été placé juste avant les chiens et les enfants, en savait quelque chose. Dix-huit au moins des gens qui l'ont dépassé, flairaient le génie, le mâne, l'animal ou le diable.

Un autre signe incontestable aussi : le bouleversement de l'univers. Des bousculades pareilles de bêtes et d'hommes pour du sang de funérailles, Balla en avait connu, tout le long de sa longue vie, trois seulement, et Diamourou quatre. Donc on pouvait admettre que depuis les soleils de Samory, dans le Horodougou il y eut trois ou quatre funérailles aussi réussies que celles du défunt cousin Lacina.

Donc inutile de fatiguer la bouche pour le dire. Le sacrifice avait été accepté, totalement exaucé. Heureux étaient tous les morts, surtout les aïeux de Fama. Déjà l'enterré Lacina les avait rejoints. Jamais plus son double n'errera derrière les cases, ne hantera les rêves en quête de la place qui assure le calme de l'intérieur.

Un voyage s'étudie : on consulte le sorcier, le marabout, on cherche le sort du voyage qui se dégage favorable ou maléfique. Favorable, on jette le sacrifice de deux colas blancs aux mânes et aux génies pour les remercier. Maléfique, on renonce, mais si renoncer est infaisable (et il se présente de pareils voyages), on patiente, on court chez le marabout, le sorcier ; des sacrifices adoucissent le mauvais sort et même le détournent. Mais le clair, le droit, le sans reste, le sans ennui, c'est arrêter un voyage marqué par le mauvais sort. Un sacrifice, qui dira s'il sera oui ou non accepté ?

Maintenant, dites-le moi ! Le voyage de Fama dans la capitale (d'une lune, disait-il), son retour près de Salimata, près de ses amis et connaissances pour leur apprendre son désir de vivre définitivement à Togobala, pour arranger ses affaires, vraiment dites-le moi, cela était-il vraiment, vraiment nécessaire ? Non et non ! Or le voyage de Fama portait un sort très maléfique. Seuls de très bons sacrifices pouvaient l'adoucir, et pour le détourner, de très durs sacrifices. Balla l'a dit et redit. Fama a durci les oreilles, il lui fallait partir. Une certaine crânerie nous conduit à notre perte.

Qu'allait-il chercher ailleurs ? Il avait sous ses mains, à ses pieds, à Togobala, l'honneur (membre du comité et chef coutumier), l'argent (Balla et Diamourou payaient) et le mariage (une jeune femme féconde en

Mariam). Pourquoi tourner le dos à tout cela pour marcher un mauvais voyage ?

Personne ne peut aller en dehors de la voie de son destin. Balla était ahuri. Après tout, Fama, tu as beau être le dernier des Doumbouya, le maître de tout le Horodougou, tu ne valais que le petit-fils de Balla. Ignorant comme tu étais des vieilles choses et aussi aveugle et sourd dans le monde invisible des mânes et des génies que Balla l'était dans notre monde, tu te devais d'écouter le vieux féticheur. Un voyage au mauvais sort, c'est un accident grave et stupide, ou une terrible maladie, ou la mort, ou une intrigue...

Fama voulait partir, il partirait. Et bien qu'il fût assuré de l'accueil de chien que Salimata servirait à Mariam, il accepta que celle-ci fût du voyage. Une vraie entreprise de possédé !

Ils quittèrent Togobala à pied pour la ville frontière où c'était jour de marché et où s'arrêtaient les camions du Sud. Deux porteurs et Mariam en tête, Fama au milieu des accompagnateurs. Tous les vieux s'étaient déplacés : Baffi, Diamourou, Balla. Celui-ci s'arrêta après la dernière case du village.

— Maître et fils, je t'abandonne là. Euh ! Euh ! Nul ne connaît tous les dessous de ce monde des soleils des Indépendances. Un jour c'est déjà long, ça contient beaucoup de choses ; que dire d'une lune ? Et je suis trop vieux. La vie des hommes sous les soleils des Indépendances ne réside plus que dans le bout de l'auriculaire prête à prendre l'envol. Si je mourais... Euh ! Euh !

— Mais, Balla, tu es encore très loin de la mort, rétorqua Fama.

— Laissez-moi parler ; le soleil commence à monter. Euh ! Euh ! Qui une fois t'a dit s'être entendu avec la mort sur un terme ? Donc si je mourais avant ton retour, je dirais beaucoup de bien de toi à tes aïeux sous terre, je serais pour toi un mâne très favorable, et à ton tour tu n'oublierais jamais de me jeter de temps en temps une tranche de cola blanc. Euh ! Euh !... Dans tous les cas, ne reste jamais loin des tombes des aïeux ; un Doumbouya descendant de Souleymane ne pousse, ne prospère, ne fleurit et ne fructifie qu'à Togobala.

Ajoutons qu'après le départ des voyageurs le soleil monta rapidement. Mais, et cela ne s'était jamais vu en plein harmattan dans le Horodougou, des nuages assombrirent le ciel vers le milieu du jour, des tonnerres grondèrent et moururent du côté où était parti Fama.

En vérité, un maléfique déplacement !

TROISIÈME PARTIE

1. Les choses qui ne peuvent pas être dites ne méritent pas de noms

Du train ils débarquèrent dans la capitale, Fama et sa jeune femme Mariam, la veuve du défunt Lacina. Le matin était couleur petit mil et moite, un matin de sous-bois après une nuit d'orage. Ils récupérèrent les bagages ; toutes les calebasses de Mariam avaient été piétinées, écrasées. Un taxi les emporta (pour la première fois elle posait les fesses sur le coussin d'une voiture) et les déposa, Mariam chez des amis, Fama devant la porte ouest de la concession.

Salimata, en allégresse, courut à la rencontre et salua Fama. Dans l'après-midi un palabre fut convoqué et assis. Mariam vint, on la présenta à Salimata : « Voilà ta coépouse, considère-la comme une petite sœur ; les gens du village l'ont envoyée pour t'aider dans ton grand et magnifique travail accompli au service du mari Fama. »

Salimata avait salué avec joie la coépouse et expliqué avec grand cœur et esprit qu'une famille avec une seule femme était comme un escabeau à un pied, ou un homme à une jambe ; ça ne tient qu'en appuyant sur un étranger. Il ne fallait pas la croire, car ces tendresse et sagesse durèrent exactement neuf jours.

Fama et ses deux femmes occupaient la petite pièce avec un seul lit de bambou, un seul « tara ». La femme (celle à qui appartenait la nuit) montait à côté du mari, l'autre se recroquevillait sur une natte au pied du tara. Mais Salimata pour être féconde (on se le rappelle) ne sautait au lit qu'après avoir longuement prié, brûlé des feuilles, s'être enduite de beurre et avoir dansé, dansé jusqu'à en perdre le souffle et la raison. Sorcelleries, prières et danses étaient gênées. Mariam gênait et elle était moqueuse comme une mouche et, disait-on, féconde comme une souris. A chaque réveil, Salimata regardait le ventre de la coépouse, et le ventre semblait pousser. Oui, il poussait ! Salimata devint jalouse, puis folle et un matin elle explosa, injuria. Les deux coépouses comme deux poules s'assaillirent, s'agrippèrent l'une au pagne de l'autre. Mariam voulait coûte que coûte tomber le pagne de Salimata afin que chacun vît « la matrice ratatinée d'une stérile » et Salimata dévêtir Mariam afin que tout le monde reconnût « la chose pourrie et incommensurable d'une putain ». On les sépara. Les injures fusèrent toute la journée, même la nuit, une nuit qui appartenait à Mariam. Après les prières, on éteignit et on se coucha. Mais malheureusement le tara grinçait. Avez-vous déjà couché sur un tara ? Il grince, geint comme si vous rouliez dans les feuilles mortes d'un sous-bois en plein harmattan.

Donc, dans les ténèbres, quand Mariam et Fama couchèrent, le tara grinça, Salimata hurla : « Le grincement m'endiable ! », trépigna, se précipita et les rejoignit au lit. Il s'ensuivit une lutte dans les ténèbres, combat de silures dans les fanges. On alluma. Salimata se précipita dehors, revint en pointant un coutelas et en hurlant : « Je suis endiablée ! endiablée ! Le grincement m'endiable ! » Mariam se réfugia derrière le tara. Fama et les voisins accourus maîtrisèrent la possédée. Les deux femmes durent coucher le reste de la nuit à même le plancher, chacune sur une natte. Il en fut toujours ainsi les nuits suivantes car Salimata ne voulait pas, ne pouvait pas monter, même après des exercices. Fama la crispait, l'effrayait et surtout le tara grinçait ; et le grincement déchirait les oreilles, brûlait les yeux, piquait son esprit. Et quand la nuit appartenait à Mariam, il y avait toujours le même grincement du tara qui l'endiablait à hurler, à courir chercher le couteau, à vouloir tuer.

Fama aurait pu dans la journée, lorsque Salimata allait au marché, pousser Mariam dans le tara. Il ne le fit pas ; la coutume l'interdisait. Et Fama, que l'on connaissait toujours si ardent, devint dans cette affaire de mésentente entre les femmes, un attentiste. Il prétendait que la situation ressemblait à un taurillon sans corne ni queue ; il ne savait pas comment la prendre, comment la terrasser. Tout ce qui se passait entre Mariam et Salimata avait été pourtant bien prévisible ; on ne rassemble pas des oiseaux quand on craint le bruit des ailes. Et les soucis qui chauffaient Fama avaient été bien mérités ; ils étaient l'essaim de mouches qui forcément harcèle celui qui a réuni un troupeau de crapauds.

D'ailleurs à bien faire le tour des choses, son ménage ressemblait à un vase simplement penché ; il n'avait pas encore versé son contenu. Il y avait de l'espoir. Où a-t-on vu un trou rempli de ficelles ne présentant pas un seul bout pour tout tirer ? Nulle part. Mais il fallait chercher le bout avec patience, avec persistance. C'est en criant plusieurs fois tous les soirs aux chèvres :

« Entre ! entre ! entre ! » qu'elles finissent par rentrer.
Fama ne voulait même pas crier les « entre ! entre ! ».
Il pensait que tout allait finir par s'arranger. « Même
la guêpe maçonne et le crapaud finissent par se tolérer
quand on les enferme dans une même case, et pourquoi
pas Mariam et Salimata ? » disait-il. Il ne fallait pas
s'en préoccuper, mais s'éloigner de la maison le plus
longtemps possible dans la journée, n'écouter personne,
ignorer les querelles, les cris et les explications. Et la
situation en Côte des Ebènes offrait à Fama les moyens
de suivre cette règle de sagesse.

Le pays couvait une insurrection. Et nuit et jour
Fama courait de palabre en palabre. Les bruits les plus
invraisemblables et les plus contradictoires se chucho-
taient d'oreille à oreille. On parlait de complots, de
grèves, d'assassinats politiques. Fama exultait. Il rendait visite à ses anciens amis politiques, ses compagnons de l'époque anticolonialiste. Ceux-ci ne dissimulaient plus leurs soucis, ils avaient tous peur. Fama
aimait les entendre dire que tout pouvait tomber sur
le pays d'un instant à l'autre : les incendies, le désordre,
la famine et la mort. Et au fond Fama souhaitait tout
cela à la fois. Et d'ailleurs, après réflexion, il lui parut
impossible que tous ces malheurs ne tombassent pas,
qu'ils ne vinssent pas balayer les pouvoirs des illégitimes et des fils d'esclaves.

Oui, tout tomberait inévitable, pour la raison simple
que les républiques des soleils des Indépendances
n'avaient pas prévu d'institutions comme les fétiches
ou les sorciers pour parer les malheurs.

Dans toute l'Afrique d'avant les soleils des Indépendances, les malheurs du village se prévenaient par des sacrifices. On se souciait de deviner, de dévoiler l'avenir. Trompeur, qui dit que l'avenir reste dissimulé comme un fauve tapi dans le fourré. Rien n'arrive sans s'annoncer : la pluie avertit par les vents, les ombres et les éclairs, la terre qu'elle va frapper ; la mort par les rêves, l'homme qui doit finir.

Les Malinkés du Horodougou le savaient bien, ils pratiquaient la divination, et pas uniquement avec les méthodes prescrites par Allah. Parce que musulmans dans le cœur, dans les ablutions, le fétiche koma leur devait être interdit. Mais le fétiche prédisait plus loin que le Coran ; aussi passaient-ils la loi d'Allah, et chaque harmattan, le koma dansait sur la place publique pour dévoiler l'avenir et indiquer les sacrifices. Et quel village malinké n'avait pas ses propres devins ? Togobala, capitale de tout le Horodougou, entretenait deux oracles : une hyène et un serpent boa.

La plus âgée des hyènes des montagnes du Horodougou — on l'appelait respectueusement « l'Ancienne » — hurlait rarement dans les nuits de Togobala. Tout le village : femmes, hommes et enfants, reconnaissait la raucité et l'aphonie de son hurlement, et dès que l'Ancienne donnait (elle commençait généralement avant le coucher du soleil), tout se taisait, même les chiens. Les vieux du village comptaient sur les doigts les hououm ! L'hyène partait de la montagne, descendait, s'approchait et s'approchait, entrait dans le village par le nord, du côté du fromager, passait concessions et cases et s'arrêtait au pied du boabab, là, hurlait, hurlait, fouillait le sol, se vitulait et se taisait. On lui égorgeait une chèvre ou un chien. L'Ancienne le happait et disparaissait dans la nuit silencieuse. La vie et les bruits du village repartaient. Les vieux du village, Balla en tête, se réunissaient, interprétaient le message, décidaient les offrandes et les sacrifices.

Et le serpent ! Aussi âgé que l'Ancienne, aussi gros que le cou d'un taurillon, vingt pas de longueur, on l'appelait « le Révérend du marigot ». Du marigot, parce que les matins et les soirs frais, il se réchauffait en travers de la piste du marigot. Les passants le saluaient et l'enjambaient. Les ménagères l'utilisaient comme séchoir, les enfants comme siège. Souvent il se promenait derrière les cases, mais jamais, nuit ou jour, harmattan ou hivernage, il ne passait les portes du village, sauf quand il avait un message, un avenir malheureux à dévoiler, un grand sacrifice à indiquer. Alors le serpent partait du marigot, droit sur Togobala, filait comme un orage, les herbes se couchaient sous son passage, il franchissait les portes du village, contournait cases et concessions, faisait le tour du boabab et se levait tout essoufflé, tout bavant dans le creux de l'arbre. La nouvelle parcourait le village et le tam-tam retentissait.

Fama se souvenait encore de l'entrée du Révérend, un vendredi de l'hivernage 1919. On lui jeta un coq aux pattes liées, le Révérend le dédaigna ; un bouc, il l'assomma, l'enlaça, le serra, l'étouffa, l'enduisit de bave et l'avala jusqu'aux cornes. Pendant trois jours le boa digéra le bouc, trois jours pendant lesquels les sacrifices fumèrent.

Et les résultats furent heureux, car trois lunes après arriva la calamité annoncée. L'effroyable épidémie de peste connue dans toute l'Afrique sous le nom de grande maladie du grand vent. Cette épidémie dévasta le Horodougou, tua les hommes et les bêtes, dévasta plusieurs villages. A Togobala, il y eut des morts et des enterrements ; mais le village survécut et cela grâce aux devins, grâce au boa, grâce aux sacrifices et dans la volonté du Miséricordieux.

Où voyait-on le koma, l'hyène, le serpent ou le devin de la république des Ebènes ? Nulle part. Il demeurait bien connu que les dirigeants des soleils des Indépendances consultaient très souvent le marabout, le sorcier, le devin ; mais pour qui le faisaient-ils et pourquoi ? Fama pouvait répondre, il le savait : ce n'était jamais pour la communauté, jamais pour le pays, ils consultaient toujours les sorciers pour eux-mêmes, pour affermir leur pouvoir, augmenter leur force, jeter un mauvais sort à leur ennemi. Et les malheurs annoncés devaient arriver sûrement, ils se déclencheraient une de ces nuits et souffleraient sans l'adoucissement et l'obstacle que seuls les bons sacrifices peuvent produire ou dresser.

Et les événements parurent, les premiers jours, donner raison à Fama. Des slogans antigouvernementaux apparurent sur les murs de la capitale. Des ordres de grève circulaient. Une nuit une bombe éclata, des incendies s'allumèrent dans des poudrières environnantes. Avec ou sans sacrifice, avec ou sans hyène, le régime entreprit de conjurer le sort.

Le président et le parti unique réprimèrent. Deux ministres, deux députés et trois conseillers furent ceinturés en pleine rue, conduits à l'aérodrome, jetés dans des avions et expulsés. Un conseil de ministres extraordinaire fut convoqué, délibéra tout l'après-midi et se termina par un grand festin à l'issue duquel quatre ministres furent appréhendés sur le perron du palais, ceinturés, menottés, et conduits en prison.

Tout cela constituait des cris d'alarme que Fama aurait dû entendre ; il aurait dû retirer ses mains et pieds de la politique pour s'occuper des palabres de ses femmes. La politique n'a ni yeux, ni oreilles, ni cœur ; en politique le vrai et le mensonge portent le même pagne, le juste et l'injuste marchent de pair, le bien et le mal s'achètent ou se vendent au même prix. Fama continua pourtant à marcher de palabre en palabre, à courir saluer, la nuit, tel député, tel ministre, tel conseiller.

Un jour ce fut un d'abord, un autre jour deux, et enfin trois anciens amis de Fama disparurent, sûrement appréhendés dans la nuit. Fama subodorait les premières fumées de l'incendie qui le menaçait, il pouvait s'enfuir. « Mais un Doumbouya, un vrai, ne donne pas le dos au danger », se vanta-t-il. Il ne vit même pas que ceux qu'on ceinturait ou qui disparaissaient dans les nuits n'étaient pas du même cercle de tam-tams que lui. Ils s'étaient tous enrichis avec l'indépendance, roulaient en voiture, dépensaient des billets de banque comme des feuilles mortes ramassées par terre, possédaient parfois quatre ou cinq femmes qui sympathisaient comme des brebis et faisaient des enfants comme des souris. Fama persistait et criait dans les palabres qu'il n'aurait de cesse tant que ses anciens amis ne seraient pas libérés. Le cougal a été pris au piège, quelles raisons a le francolin de se jeter et rouler à terre en disant qu'il ne passera pas la nuit ? A trop se mettre en peine pour d'autres, le malheur qui n'était pas nôtre, nous frappe. Fama n'avait pas voulu entendre le tonnerre, il avait l'orage et la foudre.

Une nuit, alors qu'il sortait de la villa d'un ministre avec son ami Bakary, tous deux furent assaillis, terrassés, ceinturés, bousculés jusqu'à la Présidence où on les poussa dans les caves. Fama y trouva tous ceux qu'il cherchait. Comme eux, il était arrêté. Il devait subir dans les caves du palais les premiers interrogatoires.

Combien de nuits y passa-t-il ? Il ne le savait pas. Dans les caves les plafonniers restaient constamment allumés et on ignorait quand venait le matin et quand commençait le soir ; on y subissait la torture, on y respirait la puantcur ; le ventre y sifflait la faim ; la mort de temps en temps y retentissait et parfois aussi les éclats de rire ivres des geôliers vidant des bouteilles d'alcool. Grâce aux mânes des aïeux et par la volonté du Tout-Puissant, Fama a suvécu.

Une nuit, on le tira des caves avec d'autres codétenus, on les poussa dans des camions ; au petit matin ils arrivèrent aux grilles d'un camp où ils furent internés.

Comment s'appelait ce camp ? Il ne possédait pas de nom, puisque les geôliers eux-mêmes ne le savaient pas. Et c'était bien ainsi. Les choses qui ne peuvent pas être dites ne méritent pas de noms et ce camp ne saura jamais être dit.

D'abord on y perdait la notion de la durée. Un matin, on comptait qu'on y avait vécu depuis des années ; le soir on trouvait qu'on y était arrivé depuis des semaines seulement. Et cela parce qu'on y débarquait, toujours presque mourant, l'esprit rempli de cauchemars, les yeux clos, les oreilles sourdes. Puis on y passait des jours plus longs que des mois, et des saisons plus

courtes que des semaines. En pleine nuit le soleil éclatait ; en plein jour la lune apparaissait. On ne réussissait pas à dormir la nuit, et toute la journée on titubait,
ivre de sommeil.

En outre, Fama n'a jamais su dans quelle région de
la république des Ebènes le camp était situé.

Il lui parut d'abord que c'était en savane, dans les
lointaines et sauvages montagnes du Hougon, parce
que des monts empêchaient d'y voir les levers et les
couchers du soleil. Mais ce n'était pas en savane : les
saisons étaient celles de la zone forestière, l'harmattan
bref avec d'insignifiants incendies illuminant les horizons pendant deux ou trois nuits. L'hivernage était
celui de la forêt ; il tombait interminable et lourd ; les
vents, les orages et les tonnerres occupaient conti-
nuellement les nuits et les jours, s'enrageaient, s'entre-
déchiraient, et perpétuellement l'univers restait em-
brasé. Mais quand il constata que la flore et la faune
étaient en partie celles de la côte, Fama pensa que le
camp avait été construit dans une île ou presqu'île au
milieu des lagunes. Car les mouches tsé-tsé et les moustiques harcelaient sans cesse ; et l'air moite des lagunes
pénétrait dans le corps par les trous de leurs piqûres
et les détenus se gonflaient comme si chacun était
atteint par un double éléphantiasis et un triple béri-
béri. Dans les eaux stagnantes environnantes nageaient
et coassaient de lourds crapauds aux couleurs vives, et
parfois, des nénuphars, émergeaient des crocodiles
géants qui venaient se fracasser et se suicider sur les
clôtures quand les gardes ne les abattaient pas. Les
soirs, Fama hésitait. Ce n'était pas en zone lagunaire,
parce qu'on y entendait le bubulement des oiseaux de
la savane, le jappement des singes, le rugissement des

lions et le silence qui suit et respecte ce rugissement dans le profond de la nuit.

Ce camp était la nuit et la mort, la mort et la nuit. Tout s'y exécutait la nuit : le ravitaillement, les départs, les arrivées, les enterrements.

Une nuit, on appela Fama et on le fit monter avec quelques autres détenus dans un camion ; au petit matin, ils s'arrêtèrent devant une caserne bâtie à l'entrée d'une ville. Là, on voyait la vie, on entendait le matin. Ils débarquèrent et on conduisit Fama dans une cellule où étaient couchés deux autres détenus. Ceux-ci lui apprirent qu'il venait d'arriver dans la caserne de Mayako où s'instruisait l'affaire et où aurait lieu le jugement. Les juges d'instruction étaient sur place et à l'œuvre. Le lendemain matin au plus tard Fama devrait être entendu.

Louange à Allah ! Fama ainsi avait échappé définitivement au camp sans nom : il devenait un accusé avec un dossier, un qui serait jugé, il cessait d'être détenu en vertu de la loi sur la détention préventive. Les jugés et condamnés savent la durée de leur peine, et à l'issue, avec quelque chance ils peuvent s'en sortir ; mais les détenus préventivement, presque jamais. Seul le président peut libérer ces derniers et un président des soleils des Indépendances n'a jamais le temps.

Effectivement, le lendemain matin des gardes se présentèrent ; le juge d'instruction mandait Fama. Tout était donc vrai !

La villa des juges était à l'est de la caserne, Fama et

167

les gardes passèrent baraquements et baraquements, évitèrent une villa, traversèrent la cour d'armes et un jardin.

Fama se surprit ravi. Et il y avait de quoi. Le matin était patate douce. Le soleil avait été ensorcelé par les nuages, puisqu'un seul bout de duvet de nuage l'avait pacifié. Le vent soufflait faible comme s'il naissait tout près aux berges des lacs qu'on pouvait apercevoir de la caserne. Et le chant et le vol des oiseaux remplissaient tout l'espace ; querelleurs, ils volaient des cocotiers aux plantations de caféiers et s'abattaient en bandes dans les jardins : pluvians, chevaliers, courlis, vanneaux. Fama et ses gardes arrivèrent.

La justice était recluse dans une vaste villa entourée d'un jardin : juges, greffiers, dactylos y travaillaient et y vivaient sous la garde de tirailleurs. Assiettes, tasses de café, serviettes et chaussures traînaient jusque dans les escaliers, et du bureau (l'ancien salon de la villa) l'on remarquait dans les chambres les lits défaits, du linge mouillé pendu, des pantalons, chemises, caleçons accumulés ici et là sur des cordes. Les cordes se croisaient en tous sens, se confondaient et se multipliaient.

On fit asseoir Fama au milieu de deux gardes et à un pas de la table du juge d'instruction. Celui-ci, négligemment habillé, fraîchement lavé et rasé (il sentait la savonnette, les fleurs de Tama), se rongeait les ongles. Traits distinctifs de Foula : front réduit, nez droit, lèvres minces, il compulsa avec nonchalance le dossier, comme si Fama n'existait pas. Dissimulation ou affectation ? Dissimulation, puisqu'il ferma le dossier avec précipitation, leva les yeux et comme s'il se reprochait les minutes perdues, interrogea rapidement et d'un ton ferme, terminant chaque question par « Allez, vite ! ».

Fama répondit. Il était bien Fama Doumbouya né vers 1905 à Togobala (Horodougou).

— Tes rapports avec Nakou ? Qui étais-tu pour Nakou ? Allez, vite !

Fama connaissait Nakou, l'ancien ministre considéré comme la tête du complot. Malinké comme Fama, diplômé de Paris et comme tous les jeunes Malinkés débarquant de France, impoli à flairer comme un bouc les fesses de sa maman, arrogant comme le sexe d'un âne circoncis. Oui, Fama le connaissait bien. Mais comment ? Sans jamais réussir à lui serrer la main, Fama par deux fois s'était aventuré chez Nakou dans l'espoir d'être gratifié au moins du prix de deux noix de cola, comme le mérite un légitime Doumbouya. Une première fois, au ministère, après qu'on lui eut demandé son nom, prénom, profession et adresse, un margouillat de planton lui indiqua que les affaires personnelles se disaient, se réglaient au domicile. Fama, un soir, marcha et arriva au domicile. A l'étage du bungalow, le jeune ministre Nakou chatouillait une femme, et les éclats de rire résonnaient jusque dans le jardin et puis la femme... Le juge d'instruction coupa net, indiqua à Fama la salle de torture où on savait faire parler. Personne ne voulait connaître comment Nakou tournait ou savourait les femmes ; Fama devait s'expliquer au sujet du rêve et du sacrifice ; du rêve pour lequel Bakary avait été un émissaire. Et Bakary avait déjà parlé, Fama devait confirmer. « Allez, vite ! »

Tous les yeux se braquèrent sur Fama qui voyait le jardin du dessus des épaules du juge. De la fenêtre de la chambre, à travers le linge pendu pêle-mêle, le jardin commmençait à rire ; sûrement là-haut le soleil avait réussi à se dépêtrer, à se démarabouter. Un vent timide soufflait. C'est pourquoi les palmes s'entortillaient, les feuilles et les fleurs de quelques arbrisseaux dont Fama ne connaissait pas les noms remuaient.

Oui ! C'était vrai ! Fama avait rêvé, avait été aveuglé une nuit par un de ces rêves qui vous restent dans les yeux toute la vie, qui vous marquent comme le jour de votre circoncision ; un rêve concernant Nakou. Oui, il en avait parlé à Bakary ! Ah ! ce rêve qui fumait la mort et la peur !

D'abord une atmosphère, le spectacle d'un après-midi de feu de brousse d'harmattan. Des reptiles. Serpents ou caïmans ? Fama ne le distinguait pas ; mais tous avaient des écailles, escaladaient en se tortillant une haute termitière tapissée extérieurement de mousse verdâtre. La termitière contenait la capitale de la Côte des Ebènes. De la crête de la termitière, du rebord du gouffre qui était une sorte de tombeau vidé par des hyènes, se voyait au fond toute la ville grouillante balayée par la flamme. Et étrangement, dans les rues apparaissaient çà et là, parmi les cases en ruine, des murs récemment bâtis. Comment ont-ils pu être épargnés par la fumée ? Au loin deux cases continuaient de fumer comme deux pots d'ambre au pied des morts. Mais où sont-ils, les morts ? Comme écho aux interrogations de Fama, un cynocéphale a surgi de la fumée et a sauté à terre ; il avait les griffes de flamme, de flamme qui vacillait, il poursuivait les hommes tout nus et musclés mais fous d'épouvante qui se débandaient, le singe en rattrapait un, le grimpait comme le chien monte sa chienne, se délectait, puis repu sau-

tait encore à terre, rebondissait, pourchassait (sa traînée était toujours coulée de flamme) et rattrapait un
autre homme et le montait. Louange à Allah ! le singe
répugnant épargna Fama, mais de la fumée lointaine
où il disparut émergea une femme entièrement voilée
de blanc sauf les pieds et les mains noirs, du noir
luisant du plumage de corbeau. Fama épouvanté détala,
mais il fut vite rejoint par la femme. « Viens ! dit-elle
à Fama, mettons-nous à l'écart. Moi, te vouloir du mal !
Ne m'assimile pas à celui-là », poursuivit-elle en parlant avec mépris du singe et en désignant l'endroit où
le monstre avait disparu. « J'ai à te dire concernant
Nakou », ajouta-t-elle. Toujours terrorisé, Fama objecta
qu'il ne fréquentait pas Nakou, et puis : « Pourquoi à
moi, femme ? Pourquoi à moi, alors que Nakou ne
manque pas d'intimes dans la ville, et puis... » La
femme interrompit Fama. « Passer une porte, une
deuxième porte, une troisième porte, puis s'arrêter
devant la quatrième, ce n'est pas chercher une case,
mais c'est chercher une qualité d'homme », et elle poursuivit : « Dis à Nakou de tuer un bœuf en sacrifice
et... » Elle indiqua beaucoup d'autres offrandes, mais
elle murmurait si bas que Fama n'entendit pas, et elle
disparut. Fama la rechercha en vain, elle avait définitivement disparu. Il persista et en fouillant il découvrit un homme nu comme un tronc de baobab, et
conique comme un fuseau, genoux à terre, balayant le
sable de ses lèvres et Fama inspiré s'écria : « Ah ! j'ai
compris ! tout entendu ! Une intrigue tombera Nakou,
désolera la ville, mais si Nakou tue le sacrifice, il s'en
sortira plus tard, et beaucoup plus tard les intrigants
seront démasqués et honnis. » A ces mots la femme
voilée resurgit, elle était éclatante de joie. « Oui, tu

171

as compris, dit-elle, tout entendu ; mais rappelle-toi qu'un malheur, quel que soit l'homme atteint, ne nous est jamais étranger, jamais lointain, bien au contraire... bien au contraire... bien au contraire. » Fama se réveilla pétrifié et dans ses oreilles continuèrent de retentir les « bien au contraire ».

— Un rêve de cette fatalité funeste, pouvait-on le taire ? demanda Fama.

Le juge de la tête convint que non. Alors comme lui Fama ne voulait plus retourner seul chez Nakou. Il en entretint Bakary, qui d'ailleurs objecta :

— C'est un devoir pour nous de l'en avertir, mais je sais que c'est parfaitement inutile. Ces jeunes gens débarqués de l'au-delà des mers ne pensent plus comme des nègres.

Il y eut un silence. Etait-ce parce que Fama était le premier interrogé de la journée, ou parce qu'il reconnaissait le premier une participation effective au complot ? Tous : greffiers, policiers, dactylographes, médusés, écoutaient.

Le soleil s'était répandu dans le jardin, et de loin en loin des insectes, si ce n'étaient pas des mirages, apparaissaient, coupaient l'air de traînées éclatantes, avant de se fondre dans des halos. La chaleur diffuse était là, partout ; et dans les aisselles, les aines et le cou sourdaient mille picotements. L'on respirait avec des efforts et entendait le souffle, sentait ses côtes, son ventre et ses narines battre ; l'on apercevait des oreilles se tendre, des yeux s'écarquiller, et l'on se sentait réduit et surtout impuissant contre tout ce qui entourait. Les lèvres étaient sèches (Fama avait trop parlé) et la soif coulait sur la langue qu'elle brûlait, et embarrassait la gorge qu'elle chatouillait. Le juge

coupa le silence. Fama avait-il autre chose à déclarer ?
Rien. On le menaça. Vraiment rien. Le dactylo fit
claquer et puis crépiter la machine. Fama raconta
une deuxième fois son rêve, le juge traduisait en français, répétait les phrases, butait sur des mots, tout
en rongeant les ongles de sa main droite.

Il inculpa Fama de participation à un complot tendant à assassiner le président et à renverser la république de la Côte des Ebènes. Quand Fama se leva
pour partir, le juge lui demanda pourquoi il n'avait
pas couru au réveil raconter son rêve à une personna-
lité importante du régime, le président ou le secrétaire
général du parti unique. Fama ne répondit pas.

— Dommage ! Dommage ! s'écria le juge. On l'aurait
interprété et c'eût été utile ; beaucoup de malheurs
survenus depuis auraient été évités. Peut-être l'ignores-
tu, ajouta-t-il, le ministre Nakou s'est pendu dans sa
cellule après avoir tout confessé.

Fama attendit des semaines qu'on vînt l'informer de
la date du jugement. Il se voyait déjà acquitté, purement et simplement acquitté. Que lui reprochait-on ?
Il avait rêvé, et il pouvait jurer sur le Coran même,
il n'avait fait que cela ; il n'avait participé à aucune
autre action. Le jour du jugement, il allait commencer
par dire : « Ecoutez ce proverbe bien connu : l'esclave
appartient à son maître ; mais le maître des rêves de
l'esclave est l'esclave seul. » Les rêves de Fama n'appartenaient qu'à lui, Fama. Il pouvait en disposer comme
il le voulait. D'ailleurs, qui auparavant lui avait dit
qu'il était tenu de raconter ses rêves aux dirigeants

des soleils des Indépendances ? Et imaginait-on Fama
le dernier des Doumbouya, se rabaisser jusqu'à aller
trouver le secrétaire général du parti et lui dire :
« Voilà, secrétaire ! hier soir... » Rien que le penser,
Fama se fâchait. Il n'aimait pas le secrétaire général
du parti. Bâtard de bâtardise ! Malheur des soleils des
Indépendances ! Mais attention, Fama ! le jour du jugement il faut te contrôler, dire les choses posément,
dire, par exemple, que tu ne savais pas qu'il fallait
raconter au secrétaire les rêves funestes, ou bien
prétendre que tu avais chargé le ministre Nakou de le
rapporter. Dans tous les cas, Nakou ne pouvait pas te
contredire ; il était mort et enterré.

Fama murmurait ainsi, des jours et des nuits, ce
qui allait être sa défense ; il le murmurait encore,
lorsqu'un matin il fut convoqué chez le juge.

Quand, entre deux gardes, il y arriva, une cinquan-
taine de détenus attendaient. Le juge procéda à
l'appel ; après il se fit apporter un autre dossier, l'ouvrit cérémonieusement et lut très attentivement en
marquant scrupuleusement la ponctuation un exposé
interminable plein d'articles et de dialogues. Fama et
beaucoup d'autres n'y comprenaient rien. Un garde
malinké fut chargé d'interpréter ce que le juge lisait.
Cet interprète improvisé devait être un Malinké de
l'autre côté du fleuve Bagbê. Il avait un langage mili-
taire avec des phrases courtes.

— Vous êtes tous des chacals. Vous ne comprenez
pas le français et vous avez voulu tuer le président.
Voilà ce que le juge a dit. Il a dit que le jugement était
fait. Voilà. Mais comme il sait que vous êtes tous des
médisants, surtout vous les Malinkés, il dit qu'il n'a
pas voulu casser la tête du petit trigle sans les yeux.

Le juge tient à expliquer pourquoi les prévenus n'ont pas été convoqués, le jour du jugement. Cela lui a paru inutile. Dans les déclarations qui ont été faites librement, chaque prévenu avait reconnu sans détour sa faute. Et puis chaque dossier avait été défendu par un avocat de talent. Et dans tous les cas, les peines ont été fixées par le président même. Et s'il se trouve ici quelqu'un pour contester l'esprit de justice du président, qu'il lève le doigt. Moi je ferai descendre ce doigt avec une claque. Voilà. Vous qui êtes ici, vous êtes de mauvais Malinkés, des bâtards, un pur de chez nous ne participe pas à un complot. Maintenant, ouvrez vos oreilles de léporides et fermez vos gueules d'anus d'hyène. Le juge va lire les peines que vous avez bien méritées. Voilà.

Le juge donna la liste des peines. Fama était condamné à vingt ans de réclusion criminelle.

Les prisonniers furent ensuite reconduits dans les cellules et dès le lendemain Fama commença sa vie de condamné.

Vingt ans de réclusion pour un Fama équivalait à une condamnation à perpétuité. Fama avait ce qu'il avait cherché. Il allait mourir à Mayako, il serait enterré à Mayako sans revoir le Horodougou, sans revoir Salimata. Tout cela était aussi clair que la paume de la grenouille. On l'avait bien prévenu. Les gens de l'indépendance ne connaissent ni la vérité, ni l'honneur, ils sont capables de tout, même de fermer l'œil sur une abeille. On lui avait dit que là où les graterons percent la coque des œufs de pintade, ce n'est pas un lieu où le mouton à laine peut aller. Il s'est engagé, il a voulu terrasser les soleils des Indépendances, il a été vaincu. Il ne ressemblait maintenant

175

qu'à une hyène tombée dans un puits ; il ne lui restait à attendre que de la volonté d'Allah ; que de la volonté de la mort.

Parfois il pensait à la force qui le sollicitait, qui l'a amené à montrer des témérités de verge d'âne qui l'ont plongé dans ce trou. Lui Fama n'avait pas écouté les paroles prophétiques du grand sorcier Balla, lors du départ de Togobala. Cela lui paraissait maintenant incroyable et c'était pourtant vrai. Pourquoi tant d'entêtement ? Parce que Fama suivait son destin. Les paroles de Balla n'ont pas été écoutées, parce qu'elles ricochaient sur le fond des oreilles d'un homme sollicité par son destin, le destin prescrit au dernier Doumbouya. « Fama, maintenant il n'y a plus de doute, tu es le dernier Doumbouya. C'est une vérité nette comme une lune pleine dans une nuit d'harmattan. Tu es la dernière goutte du grand fleuve qui se perd et sèche dans le désert. Cela a été dit et écrit des siècles avant toi. Accepte ton sort. Tu vas mourir à Mayako. Les Doumbouya finiront à Mayako et non à Togobala », murmurait-il. Et courageusement il pensait à autre chose.

Fama n'était pas astreint aux travaux pénibles, mais son état de santé se dégradait. Des vers de Guinée poussaient dans les genoux et sous les aisselles. Constamment il desséchait : ses yeux s'enfonçaient dans des orbites plus profondes que des tombes, ses oreilles décharnées s'élargissaient et se dressaient proéminentes comme chez un léporide aux aguets, les lèvres s'amincissaient et se rétrécissaient, les cheveux se raréfiaient.

2. Ce furent les oiseaux sauvages qui, les premiers, comprirent la portée historique de l'événement

Malgré cet état, chaque matin il se réveillait avant les chants du coq pour se livrer à la bonne prière du matin qui prépare la rencontre avec les mânes des ancêtres et le dernier jugement d'Allah. Au fond il était heureux de finir. Il regrettait très peu de choses et parmi celles-ci il y avait Salimata. Fama s'était toujours dit que, quelques instants avant sa mort, il aurait convoqué Salimata, l'aurait priée de pardonner les années de malheur qu'il lui avait fait vivre. Il ne le pourra pas. Mais Allah connaissait les bonnes intentions. Allah a dit que le paradis de la femme se gagnait dans la fumée de l'accomplissement du devoir de son mari. Alors Allah pouvait prévoir pour Salimata une place de repos dans son paradis éternel. Elle avait fait son devoir, plus que son devoir. Elle avait souffert pour les autres et pour Fama sans le bénéfice et la récompense d'Allah. Fama déplorait aussi que ses restes ne reposeraient pas dans les terres du Horodougou. Il s'apercevait maintenant des mensonges de tous les marabouts, de tous les sorciers et devins qui constamment lui avaient prédit que son sort était d'arriver un matin à Togobala, en grand chef, accompagné d'un cortège étonnant, avant de mourir dans le

177

Horodougou, avant d'être enterré dans le cimetière où reposaient ses aïeux. Tout cela s'avérait faux ; à moins que... Les possibilités du Tout-Puissant étaient sans bornes.

Des journées entières passées à ruminer des idées aussi tristes sur la mort remplissaient les nuits de Fama de rêves terribles.

Un matin, quelques instants avant le réveil, un songe éclata devant ses yeux. Et quel songe ! On lui cria : « Regarde-toi ! Regarde-toi ! Tu es vivant et fort. Tu es grand. Admire-toi ! »

A califourchon sur un coursier blanc, Fama volait, plutôt naviguait, boubou blanc au vent, l'étrier et l'éperon d'or, une escorte dévouée parée d'or l'honorait, le flattait. Vrai Doumbouya ! Authentique ! Le prince de tout le Horodougou, le seul, le grand, le plus grand de tous. Au-dessous fuyait un manque, un désir, quelque chose qui avait glissé à travers les doigts. Etait-ce un cheval ? une femme ? Fama se courba, se pencha, mais ne put rien distinguer, le manque filait comme le vent, il était luisant comme la traînée de queue d'un lointain feu de brousse. A bride abattue, Fama le poursuivait, peinait de le poursuivre ; et cela fuyait, détalait plus vite, menaçait de disparaître, et sa disparition, on se le disait, laisserait l'univers orphelin avec le malheur de la sécheresse du cœur. Et pourtant Fama exultait, se pâmait de joie, se disant : « La chose court à sa perte, sur le chemin l'attend, solide comme un roc, celui qui l'accaparera. »

Et enivré de joie Fama éclata de rire, d'un rire fou ; il rit si fort qu'il se réveilla, et réveillé continua à s'esclaffer, à pouffer jusqu'à...

178

Le matin était là, le soleil haut remplissait la cellule de tout son feu. Autour, le pétillement assourdissant après un sommeil profond et un rire bruyant. L'heure de la première prière avait passé ; il aurait été ridicule de se courber, par un soleil aussi loin. Des éclats de rire, des voix, des sifflotements et des pas se faisaient entendre derrière la porte. Intrigué, Fama tendit l'oreille : toute la caserne vibrait, bruissait du brouhaha de l'orage battant la forêt. Il voulut écouter ; on poussa la porte, l'ouvrit. Des gardes présentèrent à Fama un bouffant neuf, un grand boubou, une chéchia et des babouches, neufs aussi. Fama devait les revêtir immédiatement et suivre les gardes. En s'habillant, il constata qu'au milieu de la caserne sur la place d'armes, des ouvriers et des soldats se dépêchaient de donner les derniers coups de marteau à la tribune qu'ils avaient construite dans la nuit, et d'aligner des chaises et des bancs. Des voitures étaient stationnées pêle-mêle derrière la caserne.

Lorsque Fama s'en alla avec les gardes, ceux-ci lui apprirent que depuis les premières lueurs du matin des voitures étaient arrivées de toutes les provinces de la république. Tous les ministres, secrétaires généraux, députés, conseillers économiques et généraux étaient déjà là. Mais ils ne purent en dire plus : c'était déjà la place d'armes. Les gardes firent asseoir Fama sur un banc parmi d'autres détenus. Derrière la tribune, les griots et griottes, les tam-tams, les balafons, les cornistes et les danseurs constituaient une foule compacte et bigarrée. Des officiels arrivaient, choisissaient des chaises et s'asseyaient.

Mais soudain les accents métalliques des griottes retentirent, les cris des griots suivirent et ensemble tous les instruments de danse donnèrent. Alors le président, oui ! le président de la république des Ebènes lui-même, suivi de toutes les grandes personnalités du régime, apparut. Le vacarme des cris et des tam-tams se poursuivit jusqu'au moment où il monta à la tribune et s'installa majestueusement à la place d'honneur. Le secrétaire général fit alors un petit signe et tout se tut. Il annonça que le président allait prononcer un important discours. Le chef de l'Etat se redressa. Le tintamarre recommença, mais un second geste du secrétaire général amena le silence. Le président avança, promena un regard sur la foule médusée. Un garde s'empressa d'arranger le micro dans lequel le chef d'Etat souffla puissamment pour se désenrouer. Les applaudissements, les tam-tams et les cris des griots repartirent. Le secrétaire général une troisième fois dut intervenir pour obtenir le silence. Cette fois le discours commença, le président parla. D'abord doucement, tranquillement, et avec cette **voix** sourde et convaincante dont le président seul avait le secret.

Il parla, parla de la fraternité qui lie tous les Noirs, de l'humanisme de l'Afrique, de la bonté du cœur de l'Africain. Il expliqua ce qui rendait doux et accueillant notre pays : c'était l'oubli des offenses, l'amour du prochain, l'amour de notre pays. Fama n'en croyait pas son ouïe. De temps en temps, il enfonçait l'auriculaire dans ses oreilles pour les déboucher ; il se demandait constamment s'il ne continuait pas à rêver. Tout était bien dit, tout était ébahissant. Et c'était vrai, ce n'était pas un rêve ; c'était réel. Le président demandait aux détenus d'oublier le passé, de le pardonner, de ne penser qu'à l'avenir, « cet avenir que nous voulons tous radieux ». Tous les prisonniers étaient libérés. « Tous et tous. Immédiatement. Tous allaient rentrer dans leurs biens. »

Comme le président marquait les mots ou groupes de mots importants par des arrêts, les phrases étaient entrecoupées par les soudains déclenchement et extinction du tintamarre.

Pourquoi lui, le président, avait-il pris cette décision ? Pour des raisons très importantes. Lui, le président, était la mère de la république et tous les citoyens en étaient les enfants. La mère a le devoir d'être parfois dure avec les enfants. La mère fait connaître la dureté de ses duretés lorsque les enfants versent par terre le plat de riz que la maman a préparé pour son amant. Et l'amant à lui, le président, était le développement économique du pays, et le complot compromettait gravement cet avenir. versait par terre cet avenir. Une des raisons de cette libération décidée en toute connaissance de cause était que la méchanceté, la colère, l'injustice, l'impatience, le mal et la vilenie, tout comme la maladie sont un état provisoire, alors que la bonté, la douceur, la justice et la patience sont comme la santé ; elles peuvent être permanentes. Les tensions politiques et la discorde installées dans le pays amenuisaient l'audience internationale du président. « Les investisseurs s'éloignaient de nous, les journaux supputaient ma fin prochaine : et des présidents des Etats voisins me faisaient des affronts. » Les anciens proverbes de nos aïeux restaient toujours vrais. La plus belle harmonie, ce n'est ni l'accord des tambours, ni l'accord des xylophones, ni l'accord des trompettes, c'est l'accord des hommes. « Un seul pied ne trace pas un sentier ; et un seul doigt ne peut ramasser un petit gravier par terre. Seul lui, le président, ne pouvait pas construire le pays. Ce sera l'œuvre de tout le monde. » Si grand que soit le pays où règne la discorde, sa ruine est l'affaire d'un jour. C'est pour réaliser l'entente dans le pays que tous les détenus étaient libérés. Tam-tams et applaudissements repartirent. Chaque détenu pouvait demander ce qu'il voulait : le parti et le gouvernement l'accorderaient. Les ex-détenus malades seront soignés et s'il le faut envoyés en France ou en Amérique dans les grands hôpitaux et centres de cure.

« Vive la république des Ebènes ! Vive la réconciliation des cœurs ! »

Les applaudissements, les tam-tams et les cris saluèrent la fin du discours, se poursuivirent, et ne s'arrêtèrent plus. Le secrétaire général et le président eurent la plus grande peine du monde à rétablir le silence ; les joueurs et danseurs avaient cru que le coup d'envoi de la fête était donné. Et lorsque le silence revint, le président conclut par ces mots : « Cet enthousiasme plus qu'un long discours montre à nos frères libérés comment le peuple est heureux de les voir réintégrer leurs foyers. »

Le président se fit présenter ensuite à tous les libérés. Il les embrassa l'un après l'autre et remit à chacun une épaisse liasse de billets de banque. Evidemment chaque embrassade était saluée par des cris, des applaudissements et des tam-tams. Puis le programme de la fête de la réconciliation fut annoncé : « Ce sera dans la capitale que la fête battra son plein. Les libérés feront le tour de la ville dans des voitures découvertes. Les menteurs qui avaient raconté qu'ils étaient tous morts, seront contredits par les faits. Un spectacle de feux d'artifice sera donné à vingt et une heures, suivi d'un grand dîner. Tout sera clôturé par des bals et des danses qui se poursuivront jusqu'au matin. »

Le président avait fini.

Les parents et amis se ruèrent sur les détenus et se les arrachèrent. Tout le monde embarqua dans des voitures. Il fallait partir immédiatement pour la capitale. Les voitures démarrèrent les unes après les autres.

Fama voyageait avec son ami Bakary. Celui-ci ne cessait pas de l'embrasser. « Ne regrette rien, disait-il, tu seras heureux maintenant. » Une embrassade. « Tu as de l'argent, et tu pourras en avoir beaucoup plus. » Une embrassade. « C'est vrai que tu es mal en point, mais le président a dit que tu pourras aller te retaper partout où tu voudras. Moi à ta place, c'est Vichy que je choisirais. Oui, à Vichy, c'est là où vont les milliardaires. » Une embrassade encore. « Et puis tu peux obtenir la situation que tu veux. Moi à ta place, je prendrais la direction d'une coopérative. » Une embrassade. « Tu vois qu'un malheur c'est parfois un bonheur bien emballé et quand tout s'use c'est le bonheur qui tombe. Nous qui avons été libérés avant vous, on n'a pas été aussi gâtés. Finalement ça a été ta chance, Fama. Cette prison a été ta chance. »

Bakary voulut embrasser, mais Fama le fit éloigner avec le poing. Bakary n'insista pas et peut-être s'aperçut-il que depuis qu'ils s'étaient vus, Fama n'avait pas prononcé un seul mot et peut-être regretta-t-il son grand enthousiasme et ses remarques. Ce fut au tour de Bakary de démarrer et de se mettre dans la file des voitures.

Bakary conduisit en silence, mais lorsque la voiture sortit de la caserne il recommença à parler, mais cette fois posément. Il comprenait les raisons du silence de Fama. Les épouses de tous les détenus étaient venues chercher leurs maris, sauf celles de Fama. Mais les femmes, on ne devait pas trop s'en soucier ; tant qu'on a l'argent on peut avoir des femmes. Les femmes de Fama ne s'étaient pas respectées ; elles ne connaissaient même pas un bout de honte aussi large que la main. Maintenant que Fama a de l'argent, c'est d'autres femmes qu'il lui faudrait acheter. Des parents seraient prêts à lui donner leur fille. Lui Bakary, à la place de Fama, il aurait choisi une petite rondelette crue et chaude, il lui en présentera une à l'occasion. Vraiment Salimata et Mariam avaient très mal agi. Et Bakary raconta ce qui s'était passé dans la cour de Fama en son absence.

Dès qu'elles apprirent l'arrestation, elles se dépêchèrent de trouver des remplaçants.

Salimata retourna consulter Abdoulaye, le marabout qu'elle avait poignardé avec le couteau rouge de sang du coq sacrifié. Abdoulaye ne la crispait plus, ne puait plus Tiécoura. Et Mariam ? Comme elle était broussarde encore, donc sans grand discernement, elle s'appropria ce qu'elle avait sous la main : le chauffeur de taxi qui la transporta de la gare. Ce chauffeur se nommait « Petit à petit », mais Bakary préférait l'appeler « Papillon », parce que son taxi, une Dauphine, s'appelait « Papillon Indépendance Jazz » écrit en quatre couleurs sur le pare-brise arrière, et parce que lui-même se parait en papillon : foulard vert, chapeau de paille tricolore (les trois couleurs nationales), lunettes de soleil à monture blanche, chemise rouge négligemment débraillée, pantalon jaune, sandalette traînante. C'était un frêle adolescent, élancé, noir comme un sourd-muet, mais impoli comme le fondement d'une chienne pleine. Il papillonnait nuit et jour au portail, faisait ronfler le moteur et klaxonnait. Mariam sortait. Avec Papillon elle allait se promener et ne se rassasiait jamais de partir en voiture.

C'était une honte ! Une honte aussi épaisse que celle qui a conduit le varan de rivière à se cacher dans l'eau. Tout le quartier en parlait. Bakary à la longue n'a pas pu le supporter. Un jour il s'était dit : « Fama est-il oui ou non mon ami ? Il reste toujours mon ami. C'est vrai qu'on s'était séparé à la veille de l'indépendance ; mais avec qui ne s'était-on pas brouillé ! C'est un vrai prince et c'est toujours difficile de vivre avec un prince. Malgré tout il reste un ami. On ne partage pas la mort avec son ami, mais s'il est humilié, couvert de honte, tu partages sa honte. » Aussi Bakary avait-il saisi Papillon au collet, un matin, au détour d'une rue, et avait dit tout juste : « Tout le monde voit que tu détournes Mariam. N'as-tu pas honte, Papillon, de t'amuser avec les choses des vieux ? Attention, Papillon, le mari de Mariam s'appelle Doumbouya, c'est un vrai prince ; il reviendra. Il n'est pas un homme de l'indépendance et jamais il ne te pardonnera d'avoir entré la lame de ton couteau dans la gaine de son sabre. Et même si tu t'enfuis, le malheur te poursuivra, car Mariam est ensorcelée. Elle ne te l'a pas dit parce que son entendement ne va pas plus loin que ses seins. Balla le plus grand sorcier du Horodougou l'a ensorcelée et si tu continues d'aller avec elle, Papillon, sois sûr qu'un jour, tôt ou tard, ton pénis va disparaître, s'engloutir dans ton bas-ventre comme un fusil arrêté dans la boue mouvante. » Papillon n'avait pas bronché : Bakary l'avait relâché, il était parti, et en s'asseyant dans sa voiture il avait haussé les épaules.

Fama restait toujours pensif, toujours muet. Le cortège avançait dans le même continuel brouhaha qui énervait Fama.

— Mais pourquoi ne dis-tu rien ? demanda Bakary.

Fama ne répondit pas. Bakary enchaîna encore. Il savait que Fama était malade, très atteint, mais c'était à Allah qu'appartenait la vie. Bakary d'ailleurs rassurait Fama ; la mort ne le visiterait pas dans les prochaines années. Car lui, Bakary, connaissait la mort, qui avait beaucoup de défauts : elle mentait, trompait, mais jamais elle n'oserait surprendre un homme comme Fama qui pour la première fois possédait de l'argent. Puis après un court silence et comme s'il regrettait d'avoir parlé de la mort à un malade, Bakary s'écria :

— J'allais oublier de te parler de Togobala, de te donner les nouvelles de Togobala, et il raconta se qui se passa au Horodougou pendant l'incarcération de Fama.

Un colporteur montant du Sud avait annoncé à ceux de Togobala l'arrestation. Nouvelle aussi retentissante qu'un décès ! Le tambour sacré crépita, le comité et le conseil des anciens palabrèrent, des sacrifices furent tués.

On cria la nouvelle dans l'oreille de Balla qui ne manifesta aucune surprise, il s'y attendait. Le vieux féticheur, de naturel aussi prudent qu'un margouillat à la queue tranchée, déclara sur-le-champ : « Fama ne reverra plus Togobala. » Il pouvait s'être trompé, ses fétiches, mânes et génies devaient commencer à s'éloigner, car la mort approchait du vieux clabaud.

Une nuit, « l'Ancienne », la vieille hyène, l'oracle de Togobala, descendit des montagnes, hurla et s'arrêta sur la place du village au pied du vieux baobab. On lui jeta une chèvre et on interpréta ses hurlements ; ils disaient : « Une ancienne et grande chose sera vaincue par une autre ancienne et grande chose. »

On était au gros de l'hivernage. Pourtant pendant quatre jours, nuages et pluies disparurent du firmament. Le cinquième matin vint avant son heure ; mais le soleil ne sortit pas : l'espace se distendit pendant que les horizons se mirent à sourdre une atmosphère étrange. Les oiseaux continrent leurs chants de réveil, les vautours leurs vols. Tout était silencieux, tout était immobile. Les yeux se tournèrent vers la porte du vieux féticheur Balla ; elle était close et bien close. Quand on l'ouvrit, le sommeil avait trahi, la mort avait frappé le vieux féticheur endormi, et celui-ci s'était éteint et raidi.

Alors le tam-tam frappa, frappa dans tout Togobala, et les rivières, les forêts et les montagnes, d'écho en écho roulèrent la nouvelle jusqu'à des villages où d'autres tam-tams battirent pour avertir d'autres villages plus lointains.

Tout le Horodougou poussa un grand « Ah ! » de surprise et la terre, les animaux et les choses se réanimèrent. Le soleil éclata, mais demeura immobile jusqu'à l'heure de la deuxième prière où il fut voilé par la petite averse qui chaque fois que se creuse la tombe d'un grand du Horodougou ne manque pas de tomber pour détremper le sol avant le premier coup de pioche.

Comme Balla était Cafre, on le conduisit sans prière

et on l'inhuma à l'ouest de Togobala, au lieu de l'est où s'enterrent les musulmans.

Mais de grandioses funérailles de septième et de quarantième jour furent célébrées (quatre bœufs !). Les chasseurs se dépassèrent en miracles, en sorcelleries, et beaucoup de génies, beaucoup d'animaux, beaucoup de morts sous des formes humaines assistèrent à la fête pour rendre le suprême hommage au savoir et à l'expérience du vieux disparu. Ah ! avant longtemps le Horodougou ne connaîtrait pas un homme du savoir de Balla ! Après quelques instants de silence, Bakary exerça toute sa verve pour exagérer les derniers exploits (entendez les dernières roueries) du vieux sorcier défunt. Il voulait émouvoir, ébouriffer pour arracher ce moindre soupir un petit mot à Fama ! Mais on était arrivé. Bakary fut obligé de s'interrompre. La capitale battait la fête de la réconciliation nationale. Il lorgna son voisin toujours muet et pensif et commença à conduire avec l'attention qu'exigeait une ville en fête. La file de voitures s'engagea dans la rue centrale bordée des deux côtés d'une foule bigarrée et endiablée. Les tam-tams redonnaient, les griots chantaient, les hommes et les femmes dansaient sur les trottoirs, dans les fossés et sur les places publiques. Lorsque leur voiture arriva à hauteur de l'autogare d'où partaient les camions pour le Nord, Fama fit un signe. Bakary répondit qu'on ne pouvait pas s'arrêter : « On ne s'arrête pas dans un cortège officiel. » Fama cria : « Arrête ! » et accompagna l'injonction des gestes autoritaires et nets du dernier descendant des Doumbouya. Bakary comprit qu'il fallait obéir sur-le-champ, obéir sans discuter. Il se serra sur le bas-côté de la route et freina.

Fama ouvrit la portière, descendit et s'éloigna. Bakary serra les freins à main, le poursuivit et entreprit de le convaincre. Fama allait encore commettre une faute. Où partait-il ? Maintenant qu'il pouvait tout avoir, pourquoi ne voulait-il pas continuer la fête comme les autres ? Partait-il à cause des femmes ? Mais les femmes, ça s'achète. Ne voulait-il pas de jeunes filles crues ? Mais Salimata était là. Elle était une femme respectable qui allait revenir pourvu que Fama le veuille. Salimata aimait toujours Fama et se rendait chez le marabout uniquement pour avoir un enfant, et c'était d'ailleurs pour cette raison que Bakary n'avait pas cogné ou même inquiété le marabout. Fama continuait de se frayer un chemin, de trouver une sortie. L'autogare était située à l'autre extrémité de la place grouillante de danseurs. Fama contourna un cercle de balafons, passa entre deux batteurs de tam-tams, revint sur ses pas pour ne pas se faire écraser par des danseurs acrobates exécutant des sauts périlleux, évita les jongleurs d'enfants et entre les cercles des charmeurs de serpents et les frappeurs de calebasses d'eau, déboucha sur la place de l'autogare.

Bakary suivait toujours, et même un moment il pensa retenir Fama par les manches du boubou ; mais devant les réactions violentes prévisibles il renonça et se fit plus pressant, mais aussi plus convaincant et mielleux :

— Ecoute, Fama ! On ne part pas quand on a la possibilité d'avoir l'argent, d'avoir une situation, d'être quelqu'un, d'être utile aux amis et aux parents. Que feras-tu à Togobala ? La chefferie est morte. Togobala est fini, c'est un village en ruine. Tu n'es pas une feuille d'arbre qui jaunit et tombe quand la saison change.

Les soleils ont tourné avec la colonisation et l'indépendance ; chauffe-toi avec ces nouveaux soleils, tu n'es pas un serval qui préfère mourir de faim plutôt que de se repaître de la viande qu'on lui a servie, quand cette viande n'est pas celle d'un animal qu'il a chassé. Adapte-toi ! Accepte le monde ! Ou bien est-ce pour les funérailles de Balla que tu veux partir ? Mais les funérailles, ça peut toujours attendre. Reste, Fama ! Le président est prêt à payer pour se faire pardonner les morts qu'il a sur la conscience, les tortures qu'il vous a fait subir ; il est prêt à payer pour que vous ne parliez pas de ce que vous avez vu. Profite de cette aubaine ! Buvons ensemble le lait de la vache de tes peines. L'argent que tu as en poche n'est qu'un grain de foin en comparaison du panier que tu recevras.

Fama marchait fièrement, comme si les propos de Bakary n'étaient pas pour lui. Lorsque le prince atteignit un camion à moitié chargé, il monta tranquillement.

Les autres passagers se serrèrent pour lui laisser la place de s'allonger, parce que visiblement Fama était très fatigué. Le dernier Doumbouya s'installa sans remercier, sans même saluer, parce qu'il crut que les autres voyageurs s'étaient dérangés pour honorer un prince.

Bakary ne put tenir à terre, il sauta dans le camion et se mit à gourmander Fama :

— Fama, tu n'as rien compris à la vie. Tu es un vautour et tu vas mourir en vautour. Crois-tu que tous les hommes sont des sujets du Horodougou ? Tu vas mourir à Togobala. Oui, mourir dans la pauvreté. Alors qu'ici tu peux nous être utile : tu peux avoir quelque chose, tu peux aider les amis. Moi, quand j'avais appris ta libération et su ce qu'on allait vous promettre, j'étais heureux et voilà que...

Le chauffeur du camion interrompit Bakary et lui demanda de descendre. C'était le départ.

Comme le camion démarrait et avançait doucement, Bakary du quai eut le temps de s'écrier :

— Fama, en mourant tu te rappelleras d'avoir été un mauvais ami. Je comptais sur toi pour vivre le reste de mes jours et gagner de l'argent. Tu me laisses dans le désespoir, tu es un mauvais ami.

Ce fut l'adieu de Bakary. A cause de la fête de la réconciliation nationale, le camion devait suivre un circuit détourné très long pour sortir de la ville. Fama ne voulait plus revoir la capitale, ses maisons, ses rues, ses hommes ; il ne voulait plus respirer son air. Il poussa un gros « Pouah ! » de dégoût, ferma les yeux et se mit à réfléchir.

Brusquement Fama éclata de rire. Tous les autres passagers, surpris, se turent et regardèrent ce vieux maigre et décharné, les yeux clos comme un aveugle, rire comme un fou. Maintenant loin de Bakary, Fama se moquait de son ami embarrassé et déçu qui devait, du quai, regarder le camion partir. Fama se félicitait de l'avoir tourné ainsi en dérision par le silence. Les petites causeries entre la panthère et l'hyène honorent la seconde mais rabaissent la première. Aussi soudainement qu'il avait commencé, Fama s'arrêta de rire et se remit à penser.

Pourquoi voulait-il partir ? Pourquoi tant d'écœurement l'étreignait à la seule pensée de rester, de revivre dans la capitale comme si c'était manger de la vomissure ? Les yeux toujours clos, Fama écouta quelque temps les échos de la fête, les chuchotements de ses compagnons qui tous devaient avoir les regards fixés sur lui.

Fama voulait partir, parce qu'il savait que personne ne voulait de lui dans la capitale, que personne ne l'aimait. Bakary ne l'aimait pas ; s'il avait paru heureux d'avoir retrouvé Fama, c'était parce que « son ami » avait besoin d'un homme aux dépens de qui il pourrait vivre quelque temps. Salimata non plus ne voulait pas de lui. Oui ! Salimata, la seule personne qu'il aurait souhaité revoir, ne voudrait plus de lui. Ce qui avait arrêté Salimata ces derniers temps n'était ni l'amour, ni le caractère sacré du mariage, ni les longs souvenirs communs. Ce qui avait retenu Salimata prisonnière dans l'union était l'impossibilité pour elle de vivre avec un autre. Pour la première fois donc de sa vie, Salimata supportait un autre homme. Peut-être l'aimait-elle. Peut-être allait-elle avoir un enfant. Peut-être était-elle heureuse. Fama le souhaitait. Et pour que le bonheur de Salimata ne soit pas troublé, Fama avait le devoir de ne plus paraître dans la capitale où sa présence aurait été un continuel reproche moral pour Salimata. Elle méritait quelques jours de bonheur. Salimata, sois heureuse, sans repentir, et chante chaque matin, en pilant, comme tu aimes le faire quand tu es vraiment heureuse, cet air de tam-tam :

Hé ! Hé ! Hé ! Hé !
Si notre avantage consiste à tomber dans le puits,
Hé ! Hé ! Hé ! Hé !
Tombons-y pour nous le procurer.

Mariam non plus n'aimait pas Fama, ne souhaiterait

pas le revoir. Mais celle-ci ne valait pas un grain de regret, une seule goutte de souci. Le mariage de Mariam avait été une faute. Le seul motif de satisfaction que Fama en tirait était que ce mariage avait appris à Salimata à se détacher, l'avait forcée à essayer de vivre avec un autre, et donc avait contribué à préparer le bonheur de Salimata.

Etait-ce dire que Fama allait à Togobala pour se refaire une vie ? Non et non ! Aussi paradoxal que cela puisse paraître, Fama partait dans le Horodougou pour y mourir le plus tôt possible. Il était prédit depuis des siècles avant les soleils des Indépendances, que c'était près des tombes des aïeux que Fama devait mourir ; et c'était peut-être cette destinée qui expliquait pourquoi Fama avait survécu aux tortures des caves de la Présidence, à la vie du camp sans nom ; c'était encore cette destinée qui expliquait cette surprenante libération qui le relançait dans un monde auquel il avait cru avoir dit adieu.

A Mayako, en priant profondément et très souvent, il s'était résigné, il avait fini par accepter sa fin, il était prêt pour le rendez-vous avec les mânes, prêt pour le jugement d'Allah. La mort était devenue son seul compagnon ; ils se connaissaient, ils s'aimaient. Fama avait déjà la mort dans son corps et la vie n'était pour lui qu'un mal. A Mayako tout était sûr. Alors que cette surprenante libération et cet enrichissement soudain étaient une sorte de résurrection, relançait Fama dans le monde et l'obligeait à rebâtir des projets, à espérer de nouveau, même à aimer, détester, regretter et à combattre de nouveau. De tout cela, Fama en avait assez. A l'esprit de Fama vint ce proverbe que le Malinké chante à l'occasion d'un grand malheur :

Ho malheur ! Ho malheur ! Ho malheur !
Si l'on trouve une souris sur une peau de chat
Ho malheur ! Ho malheur ! Ho malheur !
Tout le monde sait que la mort est un grand malheur.

Fama rouvrit les yeux. Le camion sortait de la capitale. Le soir descendait. Bientôt ils furent au sommet de la colline surplombant la ville.

Toute la capitale paraissait enlevée par la fête de la réconciliation. Tout devait trémousser, on le percevait aux toits et touffes d'arbres qui branlaient et tournoyaient ; tout devait s'envoler, on le connaissait aux quartiers, rues, ponts et jardins qui se mélangeaient et se surpassaient. Même un petit train accroché aux falaises de la lagune, comme une bande de magnas en butte à des obstacles, s'épuisait dans mille détours en se balançant. Et plus bas et plus proche, le seul bout de la lagune qui restait encore éclairé par le soleil frémissait sous les coups des accents, des chants et des échos des tam-tams. Fama voulut échapper au vertige qui animait chaque chose de la frénésie de la fête. Il se releva, se pencha pour saisir, reconnaître un seul toit, un seul arbre, une seule rue ou un seul pont. Maintenant c'était fini ; il était parti, il fallait jeter un dernier regard sur ce qui enfermait Salimata. Mais ce fut trop tard ; car au même moment la camionnette descendit la pente opposée, la ville disparut et le soir tomba. Tout avait fini. Fama referma les yeux et sommeilla.

Il se réveilla au petit matin. Depuis la nuit la camionnette était arrivée à la frontière, au bord du fleuve, en terre Horodougou. Fama était en terre Horodougou ! Tout lui appartenait ici, tout, même le fleuve qui coulait à ses pieds, le fleuve et les crocodiles sacrés qui l'habitaient en cet endroit. Bâtardise de la colonisation et des Indépendances !

Sans l'occupation des Toubabs et les soleils des Indépendances, une fête, un tam-tam, des griots l'auraient accueilli, réveillé ; un cortège l'aurait accompagné. Mais tout cela était fini, tout cela ne l'intéressait plus. Que la récolte du sorgho de l'harmattan prochain soit bonne ou mauvaise, le mourant s'en désintéresse.

Plusieurs autres camions arrivés avant celui de Fama stationnaient dans les fossés. Du côté gauche de la route des voyageurs avec les femmes et les enfants dormaient sur des nattes autour de grands feux de brousse. Les cases des gardes frontaliers et les bureaux des douanes à droite se confondaient indistincts dans la brume. La route était barrée et fermée par un dense réseau de fils de fer barbelés, à l'entrée du pont. Dans les deux hauts miradors surplombant le tout luisaient les canons des fusils des gardes de faction. Au-delà du pont on devinait, plutôt qu'on ne les voyait, les miradors d'en face perdus dans les feuillages des fromagers. Toute la vallée était remplie d'une brume fine. Il n'y avait pas de vent.

Ce furent les tisserins qui commencèrent. Ils remplirent les touffes des fromagers et des manguiers par des gazouillis et des piaillements. Les cocoricos des coqs partirent. Les chiens répondirent d'abord par les aboiements habituels du matin mais, aussitôt après, commencèrent à hurler aux morts d'une façon sinistre à vous arracher l'âme.

Cela risquait d'annoncer, de préparer une journée maléfique. C'est pourquoi les charognards et les hirondelles des arbres et des toits s'élevèrent et disparurent dans le ciel pour y tirer le soleil. Et ils réussirent. Le soleil aussitôt pointa. Les chiens serrèrent leurs queues et fermèrent leurs gueules, et les crocodiles sacrés sortirent de l'eau, et après de brèves querelles de préséance, occupèrent les bancs de sable et fermèrent les yeux pour mieux jouir des premiers rayons du soleil.

Fama se sentit revigoré, enlevé par le bon matin du Horodougou. « C'est dans le Horodougou qu'il fait bon de vivre et de mourir », murmura-t-il. Il regretta toutes les années passées dans les bâtardises de la capitale, puis il respira profondément plusieurs fois de suite avant d'adresser à Allah le salut matinal que l'on doit au Tout-Puissant. Mais le calme ne dura que quelques moments. Les chiens se relancèrent dans les cours et reprirent à hurler aux morts. La porte du bureau des douanes s'ouvrit, un garde en sortit, il courut après les cabots et les fit taire à coups de bâton et de cailloux. Après cette victoire il se dirigea vers les fils de fer au pied des miradors.

Tous les voyageurs se précipitèrent pour aller savoir les dernières nouvelles ; ceux qui étaient près des feux se levèrent et ceux qui étaient dans les camions en descendirent. Et en foule tout le monde suivit le garde frontalier qui venait de faire taire les chiens. Celui-ci était grand, élégant dans l'uniforme et surtout (Fama allait le constater dans la suite) très respecteux et très aimable, comme un homme d'avant la colonisation et les Indépendances. Il s'appelait Vassoko. Lorsque Vassoko arriva aux fils de fer barbelés, il s'arrêta, fit face à la foule des voyageurs, et après des sourires et des plaisanteries il annonça qu'il n'avait pas reçu de télégramme dans la nuit et que les choses étaient comme hier. Il allait finir de parler lorsqu'il constata de nouvelles figures ; il s'excusa et expliqua ce qu'il avait appelé « comme hier ». La frontière était fermée jusqu'à nouvel ordre, dans les deux sens ; tout passage restait suspendu. Cette mesure était en vigueur depuis un mois. Elle était due à la tension existant entre les deux pays. Un cri de réprobation salua ces explications. Le garde frontalier, sans se départir de son sourire, répliqua que la mesure était une décision politique et qu'il ne pouvait même pas indiquer quand la frontière serait ouverte à nouveau. Mais ceux des voyageurs qui le désiraient pouvaient camper à côté des services des douanes, dormir autour des feux de bois comme le faisaient beaucoup d'autres, mais à condition de ne pas faire trop de bruit. Hier soir, le chef de poste avait été réveillé par les éclats de rire des voyageurs. C'était une chose qui ne devrait plus se renouveler.

Les voyageurs mécontents se dispersèrent et s'éloignèrent, sauf Fama. Le prince du Horodougou ne pouvait évidemment pas se contenter des explications du garde. Vassoko resalua Fama avec le même sourire et parla. Lui, Vassoko, et les autres du peloton, ne faisaient qu'exécuter les ordres, et leur travail n'était pas facile. Les lois, les ordres et les circulaires des soleils des Indépendances étaient aussi nombreux que les poils d'un bouc et aussi complexes et mélangés que le sexe d'un canard. « Voilà un garde intelligent à qui on pouvait dire des choses sans s'énerver », murmura Fama. Et le dernier des Doumbouya se présenta à Vassoko, parla des limites géographiques du Horodougou, de la grandeur de sa dynastie, expliqua qu'il était malade et devait assister aux funérailles de Balla. Mais le garde s'empressa de répondre que personne ne laisserait passer Fama et que même si de leur côté ils le permettaient, ceux d'en face ne lui ouvriraient pas la porte de la république de Nikinai.

D'ailleurs Vassoko voulait que Fama présente les papiers qu'il avait sur lui. Le prince n'avait même pas une carte d'identité. Vassoko décocha un petit sourire. Sans papiers on ne pouvait pas passer. Le dernier des Doumbouya déclara qu'il était un ex-détenu politique. Le garde eut un autre petit sourire. Une circulaire interdisait de laisser sortir les ex-détenus politiques.

Fama sentit la colère monter en lui ; elle brûla les aisselles, le cou et le dos. Le soleil était déjà haut. La brume s'était envolée. Le prince des Doumbouya chercha autour de lui un caillou, un bâton, un fusil, une bombe pour s'armer, pour tuer Vassoko, ses chefs, les Indépendances, le monde. Heureusement pour chacun de nous, il n'y avait rien à sa portée et peut-être le garde comprit-il la menace, puisqu'il s'éloigna, laissant Fama pensif devant la grille.

Les bruits des pas de Vassoko s'éloignèrent et cessèrent de se faire entendre. La rumeur des voix des voyageurs près des camions et le murmure d'une conversation téléphonique lui parvenaient. Peut-être le garde avait-il parlé à ses supérieurs et peut-être la conversation téléphonique avait-elle pour but de conduire Fama au dispensaire de la subdivision la plus proche, d'où sûrement il serait évacué sur la capitale. Fama était dans le Horodougou, jamais il ne devait accepter d'en sortir. La grille de fils de fer barbelés était à quelques pas. Une porte y était faite du côté du parapet gauche. Un Doumbouya, un vrai, père Doumbouya, mère Doumbouya, avait-il besoin de l'autorisation de tous les bâtards de fils de chiens et d'esclaves pour aller à Togobala ? Evidemment non. Fama, le plus tranquillement du monde, comme s'il entrait dans son jardin, tira la porte et se trouva sur le pont. Il redressa sa coiffure, replia les manches de son boubou et fièrement, comme un vrai totem panthère, marcha vers l'autre bout du pont. Après quelques pas, craignant que tous ces enfants de la colonisation et des Indépendances n'identifiassent son départ à une fuite, il s'arrêta et cria à tue-tête comme un possédé : « Regardez Fama ! Regardez le mari de Salimata ! Voyez-moi, fils de bâtards, fils d'esclaves ! Regardez-moi partir ! » Des cris de stupeur échappèrent aux voyageurs. Les gardes en faction dans les miradors lancèrent la première sommation :

— Halte-là !

Vassoko se précipita du poste de douane et en courant cria à l'intention des sentinelles :

— Ne tirez pas ! Il est fou ! fou !

Fama, avec sa dignité habituelle, marcha encore quelques pas, puis s'arrêta encore et scanda les mots :

— Regardez Doumbouya, le prince du Horodougou ! Regardez le mari légitime de Salimata ! Admirez-moi, fils de chiens, fils des Indépendances !

— Halte-là !

— Il est fou ! Ne tirez pas. Je l'attraperai.

Vassoko rapidement était arrivé au barrage, l'avait passé et courait sur le pont. Fama était déjà à l'autre bout, au pied de la grille de la république de Nikinai et cherchait une issue. Mais les fils étaient croisés de près et à aucun endroit n'apparaissait un interstice par lequel pouvait passer un poing. Désespéré, Fama se retourna. Le garde courait vers lui. Fama marcha le long du barrage. Il n'y avait aucune possibilité de monter. Fama se retourna encore : Vassoko avait fait la moitié du chemin, il allait attraper Fama. Mais un Doumbouya ne se laisse pas saisir comme un lièvre épuisé. Fama s'avança vers le côté gauche du pont. Le parapet n'était pas haut et sous le pont, en cet endroit, c'était la berge. Les gros caïmans sacrés flottaient dans l'eau ou se réchauffaient sur les bancs de sable. Les caïmans sacrés du Horodougou n'oseront s'attaquer au dernier descendant des Doumbouya. Vassoko n'était plus qu'à quelques pas. Fama escalada le parapet et se laissa tomber sur un banc de sable. Il se releva, l'eau n'arrivait pas à la hauteur du genou. Il voulut faire un pas, mais aperçut un caïman sacré fonçant sur lui comme une flèche. Des berges on entendit un cri. Un coup de fusil éclata : d'un mirador de la république des Ebènes une sentinelle avait tiré. Le crocodile atteint grogna d'une manière horrible à faire éclater la terre, à déchirer le ciel ; et d'un tourbillon d'eau et de sang il s'élança dans le bief où il continua à se débattre et à grogner.

Et comme toujours dans le Horodougou en pareille circonstance, ce furent les animaux sauvages qui les premiers comprirent la portée historique du cri de l'homme, du grognement de la bête et du coup de fusil qui venaient de troubler le matin. Ils le montrèrent en se comportant bizarrement. Les oiseaux : vautours, éperviers, tisserins, tourterelles, en poussant des cris sinistres s'échappèrent des feuillages, mais au lieu de s'élever, fondirent sur les animaux terrestres et les hommes. Surpris par cette attaque inhabituelle, les fauves en hurlant foncèrent sur les cases des villages, les crocodiles sortirent de l'eau et s'enfuirent dans la forêt, pendant que les hommes et les chiens, dans des cris et des aboiements infernaux, se débandèrent et s'enfuirent dans la brousse. Les forêts multiplièrent les échos, déclenchèrent des vents pour transporter aux villages les plus reculés et aux tombes les plus profondes le cri que venait de pousser le dernier Doumbouya. Et dans tout le Horodougou les échos du cri, du grognement et du fusil déclenchèrent la même panique, les mêmes stupeurs.

Fama inconscient gisait dans le sang sous le pont. Le crocodile râlait et se débattait dans l'eau tumultueuse.

Tout n'avait duré que le temps d'un éclair, car aussitôt après, un deuxième coup de fusil résonna. Les montagnes, les rivières, les forêts et les plaines encore une deuxième fois se relayèrent pour faire entendre la détonation à tout le pays. Les oiseaux, les animaux et les hommes rebroussèrent, les oiseaux s'élevèrent, les hommes et les chiens revinrent, les bêtes sauvages regagnèrent la brousse.

Puis ce fut le troisième et le quatrième coup de feu, un autre va-et-vient dans le tumulte assourdissant des oiseaux, des animaux et des hommes.

Les gardes frontaliers, par-dessus le fleuve, se livraient un véritable duel. Ceux d'en face avaient cru que l'on avait tiré sur un fugitif se trouvant déjà sur leur sol.

Fama gisait toujours sous le pont. Le caïman se débattait dans un tourbillon de sang et d'eau. Les coups de feu s'arrêtèrent. Mais le matin était troublé. Tout le Horodougou était inconsolable, parce que la dynastie Doumbouya finissait. Les chiens qui les premiers avaient prédit que la journée serait maléfique hurlaient aux morts, toutes gorges déployées, sans se préoccuper des cailloux que les gardes leur lançaient. Les fauves répondaient des forêts par des rugissements, les caïmans par des grognements. Les hommes priaient pour le dernier Doumbouya, les femmes pleuraient. Les tisserins gazouillaient dans les feuillages des fromagers et des manguiers, alors que très haut dans les nuages, les charognards et les éperviers patrouillaient pour superviser le vacarme.

Pourtant la fusillade était arrêtée. Les gardes frontaliers de la république de Nikinai, drapeaux blancs dans les mains, vinrent relever Fama qui avait été atteint sous la partie du pont relevant de leur juridiction. Ils le transportèrent dans leur poste ; leur brigadier l'examina : il était grièvement atteint à mort par le saurien.

On coucha Fama dans une ambulance, le brigadier et quatre gardes frontaliers constituèrent l'escorte. Ils allaient au chef-lieu : Horodougou, après Togobala. Donc, direction Togobala du Horodougou.

Le soleil était maintenant haut, très haut, mais le Horodougou ne s'était pas encore remis des coups et cris qui avaient déchiré son matin. De temps en temps on entendait le hurlement des chiens et le rugissement des fauves. Mais les charognards paraissaient avoir réintégré les feuillages des arbres.

Le convoi démarra. Au chevet de Fama dans l'ambulance deux infirmiers veillaient. Ils l'examinèrent et lorsqu'ils constatèrent qu'il n'y avait aucune trace de balle, ils se récrièrent. Allah le tout-puissant ! Un caïman sacré n'attaque que lorsqu'il est dépêché par les mânes pour tuer un transgresseur des lois, des coutumes, ou un grand sorcier ou un grand chef. Ce malade n'est donc pas un homme ordinaire. Lui Fama délirait, rêvassait, mourait. Des cauchemars ! Quels cauchemars !...

Une douleur massive, dure, clouait sa jambe.

— Tranquille, reste tranquille et calme-toi, Fama ! Est-ce que ça va mieux ? murmura sur un ton compatissant l'infirmier de gauche.

Fama ne répondit pas, tout son corps était devenu un caillou, il ne se sentait vivre que dans la gorge où il devait pousser pour inspirer, dans le nez qui soufflait du brûlant, dans les oreilles abasourdies et dans les yeux vifs. A travers les voiles de l'ambulance, des troncs, des ponts et parfois des villages défilaient. On partait. Mais où ? Mais oui... N'as-tu rien entendu, Fama ? Tu vas à Togobala, Togobala du Horodougou. Ah ! voilà les jours espérés ! La bâtardise balayée, la chefferie revenue, le Horodougou t'appartient, ton cortège de prince te suit, t'emporte, ne vois-tu pas ? Ton cortège est doré.

— Non, je ne le veux pas doré.

Donc argenté. Mais attention ! qu'est-ce ? Fama, ne vois-tu pas les guerriers te cerner ? Fama, avec la souplesse et la dignité, avec les pas comptés d'un prince du Horodougou, se porte devant. La cohue des guerriers hurle, se balance sur place et s'immobilise. Lâches ! Pleutres ! Enfants des Indépendances ! Bâtards ! vos mères ont fleuri mais n'ont pas accouché d'hommes ! Fama seul et cet unique doigt vous trouera, vous mitraillera. La multitude, la cohue poltronne de troupeaux d'hyène moutonne, grouille, et en masse chante, s'incline et se relève comme le champ de riz en herbe quand balaient les vents. Fama, l'Unique ! Le grand ! Le fort ! Le viril ! Le seul possédant du rigide entre les jambes !

Il se réveilla. Deux infirmiers le maîtrisaient sur le brancard. Un autre agitait une seringue. A-t-il été piqué ? Fama l'ignorait, mais il voyait à nouveau, entendait à nouveau les pétards, les feux, les secousses, la poussière. Mais pourquoi Fama, qui allait à la puissance, au pouvoir, ne rêvait-il pas de lune ? N'est-il pas certain que rêvent toujours de lune ceux qui ont sur leur chemin la grande fortune, le grand honneur ? La lune... La lune de Fama... Sa lune ! La lune...

Fama sur un coursier blanc qui galope, trotte, sautille et caracole. Il est comblé, il est superbe. Louange au Miséricordieux ! Mais Fama se retourne. Son escorte s'est évanouie. Où ont-ils disparu, mes suivants ? proteste-t-il. Il est seul; il sent la solitude venir, elle assaille, pénètre dans son nez qui souffle un nuage de fumée, balaie les yeux, répand les larmes, vide le cœur, remplit les oreilles de la nausée jusqu'à ce que pointe et sorte la queue fuyante et le manque, Fama les pourchasse. Soudain un éclair explose, éparpille l'air, le ciel et la terre, et le coursier se cabre au bord du gouffre. Fama tremblote. Une prière. Tout s'arrange doux et calme, la douceur qui glisse, la femme qui console, et l'homme, et la rencontre d'un sous-bois frais et doux, et les sables menus et fins, et tout se fond et coule doucement et calmement, Fama coule, il veut tenter un petit effort.

Fama avait fini, était fini. On en avertit le chef du convoi sanitaire. Il fallait rouler jusqu'au prochain village où on allait s'arrêter. Ce village était à quelques kilomètres, il s'appelait Togobala. Togobala du Horodougou.

Un Malinké était mort. Suivront les jours jusqu'au septième jour et les funérailles du septième jour, puis se succéderont les semaines et arrivera le quarantième jour et frapperont les funérailles du quarantième jour et...

Table

TROISIÈME PARTIE

IMPRIMERIE BRODARD ET TAUPIN À LA FLÈCHE (5-93)
DÉPÔT LÉGAL OCTOBRE 1990. N° 12598-3 (6007H-5)

Collection Points

SÉRIE ROMAN

DERNIERS TITRES PARUS